Demian
徬徨少年時

Hermann Hesse 赫曼・赫塞

林倩葦——譯 陳玉慧——審定

目錄

我是德密安

陳玉慧（作家）

我第一次看到赫塞，覺得他比較像《知識與愛情》（Narcissus und Goldmund）裡那個自戀的人，那時，他已經不再流浪，住在瑞土蒙他紐拉山區（Montagnola），過著隱居內向的生活。而我就像《流浪者之歌》的悉達多王子，在人生中已遇見太多智者，他們以不同的面目向我揭示人生道理，訪問赫塞時，我揹著登山袋，手臂上夾著一本他的書，我還年輕，才第一次離開南美的家鄉。

抵達瑞士時，是一九五一年六月，我在伯恩打聽時，發現很少人知道赫塞的住處，然後我終於到了盧加諾（Lugano），我一路搭乘巴士，沿路都是盧加諾湖和山頂上仍是白雪的阿爾卑斯山，巴士沿著山路蜿蜒而上，逐漸開進小巷子裡，最後便是終點站了，我問一位跟我一起下車的年輕女子，赫塞家在那裡？她說她便是赫塞的管家，要我跟著她走。

當我們走往花園時，天色已黑，花園門口貼著拜絕訪客（bitte keine Besucher）的告示，我們走過長廊，外面是一條小路和高高的樹木，房前還有另一個告示，後來我才知道那是引自《孟子》的德文翻譯。

這是一位不知名智利作家半世紀之前的赫塞之旅，那次旅行改變了他一生。有人走出來問他為何要見赫塞，他把赫塞的西班牙翻譯本和他自己的書遞給那人，那人要他坐在客廳裡再等一下，他聞到房間裡有濃郁的檀香香味，過了一會，房門打開了，一身全是白衣白褲的赫塞走了出來，把他帶到書房……

我也坐在赫塞的書房，現在是紀念館。樓下盡賣著一些赫塞的書和他的水彩畫作複印品，房子窄小，典型的義式農村建築，當年他的朋友為他蓋的。來紀念館的人不多，現在不是滑雪的旺季，一般人不太來。門口掛著一個禁止動物進入的告示。

赫塞坐在書桌前，我坐在書桌前的沙發，可以望得窗外的盧加諾湖和阿爾卑斯山，原來他在此寫作啊，我緊張起來，吞吞吐吐地，我告訴他，我讀過他許多書，受到他的影響，也在寫作。其實，我不該談自己，我該做的是傾聽他。

我傾聽他。

他微笑無語，看著我。良久，彷彿時間已凝固了。他道歉般問我，是否容許他抽點菸？當然，當然，我說。他點燃了菸斗，並看著我：告訴我，你們在台灣學校還學四書、五經、孔子、孟子嗎？是啊，我們還讀，至少我那個年代還讀。

《易經》呢？

也讀一點，但我不甚了了。一本《易經》便可改變世界啊，赫塞看一眼他吐出的雲霧，他話不多，一直帶著微笑，我也報以微笑，緊張的情緒已稍舒緩，我又聞到那檀香味了，原來那是從他身上發出來的香水。他的靈魂似乎屬於東方的，但他的眼睛像畫像上耶穌基督眼裡發出的光芒。他從西方文明中走出來，並且說，不要掉入虛無主義的陷阱，接近佛陀或者是道家思想吧。

我想告訴他：十六歲吧，《徬徨少年時》是我第一本西方讀物，那像甘泉注入荒蕪的少女心境，我在那本譯本上畫了許多線，並且做了筆記。那書啟發我少年的心思，更加促使我走上文學之路。

那本書如何啟發你？他偏著頭看著我，沒有表情。這本書不只影響了我，這本書從第一次世界大戰起便像「電擊般」（托瑪斯．曼語）影響了無數全世界的青少年，到今天都還是。

那一年，我的父母婚變，年少之我陷入人生徬徨，我的世界並未被善惡之神分裂，我只是恐懼，我還無法明白世界，還無法接受自己和別人，再也無心讀教科書了，因為教科書無法安慰我，如此受傷和不解的心，我在《徬徨少年時》那本書的扉頁上寫下：

這世界無端地遺棄了我，而我尚未長大成人。我像讀教科書般在書上畫了許多紅線。

「我只是嘗試著過自己要的生活而已。為何如此艱難呢？」

到今天都是這麼困難，困難並未或減。赫塞先生，即便我已經走上自我的道路，在那條路上，所有人生導師，無論是具體的人或是抽象的道理，都化妝成一種我當下會全然相信而事後卻感到疑惑的樣子，我不可能一個人過日子，我也不能和他人真正和平相處，我同情但沒有真正憐憫，我付出卻也期待回報，我明白但不透徹，自我之路上遍布荊棘，我的思想也經常為幻覺籠罩。

再讀一遍《流浪者之歌》吧？你沒說什麼，但我猜，我揣測你的心思。西方文明的弱點正是因個人主義終極引發的虛無和荒謬，個人最後似乎總是與社會對立，而在東方，善惡並非對立，而是融為一體，那正是你所推崇的境界啊。德密安說，基督教義的上帝是全知全能及全善之神，但那根本上是不足的，只代表人世的一半，你提到阿布拉克薩斯神（Abraxas），那便是象徵善惡合一的神祇。

鳥奮力衝破蛋殼。這顆蛋是這個世界。若想出生，就得摧毀一個世界。這隻鳥飛向上帝。這個上帝的名字是阿布拉克薩斯。

赫塞先生，在讀過《流浪者之歌》後，我感覺，德密安其實和辛克萊是同一個人。我當年一直誤以為自己是辛克萊，但我現在知道，我更是德密安。之於我，我們是同一個人。我便是佛陀，佛陀便是我。

而在多年後的今天重讀《徬徨少年時》，我注意到，少年的我並未真的明白你書中的真義，我從未搗毀那個我所厭棄的舊世界藩籬，我從未有那樣的勇氣破殼而出，我已等待那麼多年，太多年，我不能再等待了。

你不是說，每一件事件的開始便是一個魔術？相信它吧，當你重新開始，一切便會像魔術般地展開新的一頁。而我年紀已經這麼大了，卻仍未找到信心。

「現在你找到了，」赫塞說，他的溫暖笑意逐漸擴散開了。我可以感受到陽光從窗外射進房間裡，剛好落在他的身上，他站起來，陰影霎那間也遮去了一切，他說，「繼續你的路，我祝你所有必要的勇氣。」他要送客了，我隨即也站了起來，我得到的是正是我需要的祝福，我不必擔心那陰影的存在，因為有陰影必有陽光，那是全部的《易經》，那是全部的中國或東方文化思想：陰陽合一。

「當你下次再來時，我已不在這裡了。」赫塞告別了我，我回憶那股淡淡的檀香，我帶走那股神奇並可以令我重新開始的力量。

山還是依然，山還是山，阿爾卑斯山以依然一樣的神色看著我，而盧加諾湖有千變萬化的思想和表情，也逐漸沉靜下來。

我仍然嘗試要過一個自己要過的生活，而現在已不再這麼困難了。有一天，如果我再遇見赫塞，我會這麼告訴他。

毀壞舊世界、尋找自己的新世界

楊照（作家）

我讀到的第一本赫塞作品，是《徬徨少年時》。國中的時候，一段日子裡我每天將鬧鐘設定在五點半，叫自己起床，坐到書桌前，點亮檯燈，在白花花的燈色下，一個字一個字、一行一行讀《徬徨少年時》。

不是因為對書中內容有強烈的領悟，所以那麼認真耽讀。不是，每天早起利用上學前時間讀，正因為我讀不懂《徬徨少年時》。

那種年歲，讀不懂的書多得很。沒有人幫我們準備「推薦書單」，更沒有人給我們「指定書目」，書是自己在國際學舍書展會場裡瞎逛時碰到的。一本書要花掉半個月的零用錢，所以就算買了發現讀不懂，也不能、不會輕易放棄，必須努力硬著頭皮讀，把買書費去的錢讀回本來。

不過苦讀眾多讀不懂的書的歷程中，《徬徨少年時》不太一樣。我很清楚自己的不懂，卻深深被那一行行無法確切瞭解的文字吸引，一直讀下去。沒有其他書帶來的「不懂的痛苦」，反而是一種神祕、奇特的「不懂的愉悅」，我之前不曾體會也無法想像的一種樂趣。

那種樂趣的強度，甚至不亞於我當時自認最熟悉、最輕鬆的另一種閱讀——每天從同學手裡接來一本本薄薄小小的武俠小說，在課堂上夾入課本裡躲開老師注意，快速囫圇地讀下去。

還要再過很多年，我才明白那些天似亮未亮的清晨，自己到底在幹嘛，到底從赫塞的書裡讀進去了什麼？也進一步才明白，對我的成長，赫塞小說和武俠小說之間存在著什麼樣的關係。

高中時，我隨手從書架上取下《徬徨少年時》，一翻開就看到這樣一段：

「每個人都必須為自己找出被允許的和被禁止的事物——找出對他而言是禁止的事物。……有些人疏於思考，懶得為自己的行為把關，他只要不違反別人規定的禁令就行了，因為這樣他可以過得很輕鬆。還有些人在心目中有一些自己的法則：有些事情，雖然正經體面的人天天都在做，對他們來說卻是禁止的；還有一些事情，對他們來說是允許的，卻常常被一般人所厭惡。每個人都必須為自己所為負責。」

我的天！我從來不記得曾經在《徬徨少年時》裡讀過這段話，然而這不就是我每天在掙扎思考的嗎？尤其是面對學校從頭髮到褲腳無所不管的規約，我不是天天都在拉鋸掙扎著，不願服從卻又必須找出自己不服從的理由嗎？而「為自己所為負責」不正是歷經拉鋸掙扎，我自豪艱苦得到的答案嗎？

原來早已經在《徬徨少年時》裡。我連忙再翻，翻到辛克萊畫了一隻雀鷹寄給德密安的那段，我完全不記得德密安會不會收到那幅畫，會怎樣反應，急急地讀下去，讀到那張神祕紙條上寫的：「一隻鳥出生前，蛋就是他整個世界，他得先毀壞了那個世界，才能成為一隻鳥。」

原來如此。高中的我，每天困擾自己，讓大人頭痛，衝動又衝突地做著的，原來就是這麼一回事。我試圖毀壞自己原有的世界，必須毀壞了那個世界，我才能看到外面另外一種光，才能伸伸看自己的背上是不是長了翅膀，長了什麼樣的翅膀。

透過赫塞的比喻，我發現了自己在哪裡。我已經將原本的蛋殼粗暴地打破了，再也拼不回一點點舊有的樣子，卻赫然察知自己身上還沒有可以飛走的羽翼，更糟的，自己完全不曉得從蛋殼裡出來了要飛去哪裡。

對於「自己要的生活」的理解、想像，九成九是空洞、虛幻的。為什麼如此入迷於武俠小說？因為武俠小說徹頭徹尾不像現實，武俠小說描寫的那種異類世界，提供我們最強烈的刺激，對我們說著：你看你看，有人可以這麼厲害，有人可以這樣活著！以大俠的姿態活著，當然比做個苦悶無能的中學生，好上百倍千倍！

武俠小說幫助我們鄙視現實，幫助我們打破那看似堅硬，實則脆弱的蛋殼，然而武俠小說卻不可能幫助我們打造翅膀，更不可能幫助我們選擇張開翅膀後飛翔的方向與路徑。

武俠小說九成九的內容是空洞、虛幻的。不過還好，另外有不空洞、不虛幻的那麼百分之一內容。武俠小說建立在英雄氣慨與朋友義氣上，這點不會是虛幻的。高中重讀後，我發現《徬徨少年時》也是建立在英雄氣慨和朋友義氣的真切基礎上的。

父母、家庭、學校、師長，都是構成蛋殼的一部分，啄破蛋殼，也就無可避免拒絕、推遠了他們。這是成長最痛苦的一段經驗。辛克萊體驗過，那光的世界與暗黑世界的矛盾掙扎，我們也經歷過。在最深的困惑中徘徊，還好有德密安拯救了辛克萊，德密安是個英雄，更重要的，德密安是個朋友。

我不能不慶幸，在那懵懂卻又關鍵的年代，一邊讀《徬徨少年時》，一邊讀武俠小說。別人眼中相去十萬八千里的作品，對我而言，卻同樣發散著英雄與友誼的金亮。我讓自己走進那份溫暖卻絕不刺眼的輝光中，結識了一群同樣讀赫塞又讀武俠小說的朋友，一同反抗著威權時代的種種拘執，也一同摸索著人生其他可能性，終於飛起來，每個人朝自己意欲的方向勇敢地飛。《徬徨少年時》和那眾多繁雜甚至叫不出書名的武俠小說，加在一起教會我們憑藉友誼充實取暖，再憑藉這溫暖化成的力量，忍受孤獨，持續勇敢地探索自我。

我們每個人心中都有一個「徬徨少年」

鍾文音（作家）

少女時期讀赫塞的《徬徨少年時》，印象最深的情節是少年「我」被「克洛摩」威脅的情節，閱讀時，我懷抱著很大的同理心與同情心。

彼時，我很能體會這種氛圍。因為在同儕中許多人也曾為了博取注意，有過吹噓的經驗。比如基於「討好」心態，還曾買許多白紙免費發送給同學，然後吹噓家裡是開文具店的，白紙多得用不完。那時候上學最怕遇見會扯女生頭髮會捏痛女生臂膀的一個超齡大姊大，為了讓她不欺負我，我得賄賂她。直到她轉學了，我才鬆一口氣。現在回想，那不過是小二小三的年紀而已啊，然而社群裡「大欺小」的結構從來和年齡無關，是任何社群都可能發生的。只是長大後，我們的「大欺小」被文明包裝，被成績、被地位、被金錢等等替代了。

因此，赫塞筆下的《徬徨少年時》幾乎就是每個人啟蒙的必經之路，也是每個人的「曾經」，書裡面的少年活脫就是一個死去的我。我們都曾「活在兩個世界」：一個是外面的，一個是裡面的。當然，「徬徨」從來也非是「少年」的專利，我到現在仍然徬徨，仍然有所擔憂。也仍然身處在書中的兩個人物裡：代表邪惡與黑暗的「克洛摩」、代表正直與光亮的「德密安」。赫塞援引《聖經》裡的亞伯與該隱來作為橫跨在這兩個世界的一體兩面性格。少年「我」常在夢中出現的人物反而是黑暗的克洛摩，他反而比較少夢見德密安，似乎赫塞有意指出人心的黑暗力量常大過於正面能量，甚且赫塞一點也不閃躲人心黑暗面這個問題，書中有一段極其發人深省的文字：那些向我宣告童年結束的知覺和夢幻，並不值得敘述，更重要的是，那個「黑暗的世界」、「另一個世界」再度出現了。從前法蘭茲．克洛摩的行徑，原來也存在我自身當中。黑暗已經從其自身滋長了；而德密安從來不曾離開「我」，但「卻沒有對我起任何作用」。

少年「我」為什麼徬徨？赫塞似乎有意指出這「兩個世界」其實都是人不可擺脫的「整體」，黑暗與光亮勢力之不可切割，兩股力量同時運轉在人性裡，也因此人性之脆弱與罪惡是如此地值得同情，徬徨也是不可避免的。

既然這樣，人應該接受脆弱，也不能一味地逃避黑暗的追趕。就是接受這一切的存在，從而才能安然度過。

赫塞是哲思型的作者，他總是不斷地探究靈性，每一段文字或者情節人物的鋪陳都有其深刻的奧義。書的結尾是動人的，「你必須傾聽你的內心，然後你會察覺我就在你的內心。」「命運的圖像就隱藏在一面黑暗的鏡子裡，我只需要俯身去看，便可看到自己……」

《徬徨少年時》像是赫塞藉著少年的書寫回到了過去，他一一抽絲剝繭「型塑自我」的一些蛛絲馬跡與命運出現的轉捩點，在種種細節的回顧裡，他體會與層層領悟，挖掘更深邃的人性多面向，不提出批判，只是靜靜地看著，聆聽著，但卻如此地有力，如此地反璞歸真……，透視了人性存有的「兩個世界」，人性也因為處在「兩個世界」的種種掙扎與超越裡，從而才能蛻變出美麗的羽翼。

我們在每個年紀都仍徬徨，因為「少年」不死的舊夢會不時地在午夜夢迴輕扣著我們逐漸老成的心。

於是我們既是書中的克洛摩也是德密安，我們既是亞伯也是該隱。

青春的寓言

柯裕棻（作家）

我的青春期是從這一本書開始的。我受它的影響極大，日後甚至因此而學了好幾年德文。我忘了當時為什麼會有這本書，也許是某一天在書店裡看見這個書名，心裡震了一下，就想也不想地買了。

但是其實我一開始是看不懂的。儘管我生於基督教家庭，熟悉基督教義，十幾歲的孩子抽象思考的能力實在不足，書中的宗教象徵和典故對我而言都還是太深奧了。我整天抱著它啃，試圖從晦澀的文字裡耙出一條理路來。當時我想，若能看懂此書，人生的諸多困惑也許就能迎刃而解了。書中那個風捲殘雲的戰爭時代、文字籠罩的幽暗氣息、充滿神祕主義的對話、難以言喻的複雜——這一切彷彿是青春期的寓言，這一切都令我著迷。

赫塞成功地塑造了德密安，一個明朗沉靜，面目光潔的男孩子，它是令人又敬畏又渴望的理想典型，他代表了自我追尋的終極目標。他其實就是自我。

當然，那些年裡我懵懵懂懂一知半解，將這本書翻了好幾遍。當我終於理解赫塞寫這本書的時代背景和他意欲批評的文化問題時，我已經將當時赫塞全部的中譯作品看完了。我彷彿像男主角追尋德密安似的，懷著困惑的熱情不斷讀著赫塞，就這麼長大了。

Hermann Hesse

Demian

「我只是嘗試著過自己要的生活而已。為何如此艱難呢？」

提起我的故事，無法不從遙遠的過去開始。可能的話，我想追溯到童年最初的時光，甚至還要再往前，直探我出身的源頭。

小說家創作的時候，總是不自覺扮演起神的角色，他們似乎全知全能，可以洞察任何一個人的生命，彷彿上帝一般敘述著故事，不帶一絲模糊，通達一切事理。這點我辦不到，其他作家也辦不到；即使我的故事對我而言，意義格外重大，遠超過任何故事對一個小說家的重要性，但我還是辦不到。因為這是我的故事。因為這是一個有血有肉的人的故事，屬於某個獨一無二、真實的個體；它非虛構、假設性、理想化的角色，更不是一個絕不可能的存在。然而，什麼才是一個真實存在的人？人類不但比以往更不瞭解，甚至還可以隨興槍殺那些大自然所孕育的珍貴、無與倫比的人，好像若我們不能比獨特的人更出色一些，恐怕真會有一把槍把我們從這個世界掃除。果真如此，敘述故事就完全失去意義了。可是，每個人並非只是他自己而已，他也是無可取代的一個點，世界的現象在這個點上交錯相遇，僅僅這麼一次，此後不會再有。所以，每個人的故事都重要，都是永恆、神聖。任何人只要活著並履行大自然的意志，他就是一種傳奇，值得佩服、尊敬。靈魂在每個人身上成形，創造物在每個人身上受苦，救世主被釘在每個人的十字架上。

今天，很少人知道人為何物。許多人覺得他們領悟到了，因此更可以無所罣礙地死去，沒有遺憾，正如我完成這個故事之後，未來將更坦然地面對死亡。

我不認為自己是個智者。我曾經是一名探索者，現在也還依舊是。但是我不再從群星和書本中尋覓，而是開始聆聽讓我血液澎湃不已的教義。我的故事並不愉悅，不像杜撰的故事那般甜美和諧；帶著胡鬧和困惑、瘋狂和夢幻，就跟所有不願再說謊的人的生命一樣。

每個人的生命代表一條通往他自己的道路，代表他在這條路上所做的嘗試，代表他在幽微小徑中得到的啟示。從來不曾有人完全成為他自己，儘管如此，大家還是努力去嘗試，有人懵懂，有人清晰，人人盡其所能。每個人身上都存留著出生時的痕跡——遠古時代的黏液和蛋殼，直至終了為止。有些從來不曾變成人類，而繼續當青蛙、蜥蜴、螞蟻。有些人腰部以上是人，以下是魚。可是，大家都是大自然創造人類的成果。每個人都源於自己的母親，都以同樣的方式來到世上，都出自同樣的深淵。人人嘗試走出深淵，朝各自的目標努力。我們可以彼此瞭解，但真正能夠深刻瞭解自己的，卻只有每個人本身。

1. 兩個世界

我的故事就從一段經歷開始講起，當時我十歲，正在我們小城裡的拉丁文學校[1]念書。回憶中，昔日的種種氣味迎面襲來，愉悅夾雜著敬畏的苦楚，令我內心激動：暗沉的巷弄，明亮的房子，鐘塔和鐘聲，人們的面貌，舒適溫暖的房間，祕密、陰森、恐怖的房間。狹窄、溫熱，兔子和女僕的氣息，還有家用常備藥和乾果的味道。兩個截然不同的世界就在那兒交錯，各自運行，一如宇宙的兩極——白晝與黑夜。

父親的房子構成其中一個世界，嚴格說來，應該是父母親兩人的組合。我對這個世界泰半熟悉，它意味著母親和父親、慈愛與嚴格、典範與學校。這個世界充滿柔和的光澤、明亮與整潔；愉快輕柔的談話、乾淨的雙手、清潔的衣服、良好的習慣，也都屬於家中這個世界。在這裡，人們早晨要唱讚美詩，每年會慶祝聖誕節。這個世界筆直地指引著未來的道路：義務和責任、愧疚和告解、寬恕和良善的決心、愛與尊敬、《聖經》的話語和智慧。人們必須堅守這個世界，生命才能明確、美好且有條理。

與此同時，另一個極端的世界也在這個家裡運轉。那是一個全然不同的世界——它的味道不同、言語不同、承諾和要求也不同。那裡有女僕和工匠、妖怪故事、醜聞和謠言；各式各樣奇特、誘人、驚悚、撲朔迷離的事物：屠宰場、監獄、醉漢、罵街的女人、生產的母牛、跌倒的馬等等，還有關於盜竊、殺人、自殺的傳聞。鄰近巷弄、隔壁房子裡，隨時上演著野蠻且殘酷的畫面，令人好奇又害怕。警察、流浪漢，醉漢打老婆，傍晚時分成群從工廠裡湧出來的少女，對人施咒的老嫗，藏匿在森林裡的強盜，被逮個正著的縱火犯。一個鮮明的世界，充滿活力，散發迷人的芬芳，生氣盎然，與我父母生活的屋子大相逕庭。這實在很不錯，讓我們這裡不僅有和平、秩序和寧靜，有義務和良知、寬恕與愛，更棒的是，還有其他事物：喧鬧和刺耳、陰森與暴力，即使想要逃離的話，也只要一下子就可以回到母親身邊。

這兩個世界彼此分隔，卻又緊密相鄰，真是奇特！例如家裡的女僕麗娜（Lina）來說，

---

1 拉丁文學校：Lateinschule，譯注：十三世紀後以拉丁文為主課、傳授古文和古典學科的學校。

當她坐在客廳門邊，和我們一起晚禱，嘹亮地唱著聖歌，乾淨的雙手放在平滑的圍裙上，她完全屬於父母親、屬於我們、屬於光明與正直的世界。然而，到了廚房或木棚裡，當她對我敘述無頭男子的故事，或在肉攤前跟鄰婦吵架，她則歸屬於另一個被神祕籠罩的世界。這種情形也發生在所有人身上，尤其是我。沒錯，身為我父母的孩子，我屬於光明正直的世界，但眼耳所及，處處可見另一個世界，甚至置身其中，即使它對我而言既陌生又可怕，常常感到良心不安。有時候，我甚至寧願活在被禁止的世界；重返光明，反倒像回到不那麼美好的地方，乏味、枯燥又無聊。

有時候我很明白，我的人生目標是以父母親為榜樣，那會是光明與純潔，優越且規律。然而，通往目標的路途還很遙遠，在那之前，必須先讀完中學、進入大學，參加各式各樣的測驗和考試。而且，這條途徑多半得穿越黑暗的路段，人往往就此留連忘返，甚至沉迷其中。所有浪子回頭的故事情節莫不如此，閱讀這些故事，曾讓我深深著迷。在這種故事中，把返回父老身邊與回歸良善，描寫得如此撫慰人心及了不起，讓我完全相信這就是唯一的正道，值得人們追求。然而，那些有關邪惡和迷惘的描述，對我卻更具吸引力。說句老實話，有時候我對於浪子懺悔、回頭是岸的結局，簡直感到惋惜。然而沒有人會這麼說，也不敢這麼想，頂多把它當成一種預警和可能性，埋藏在意識的最底層。就像說到魔鬼，我很可以想像它潛伏在馬路下面、混跡在市集或酒館內，但不論偽裝或者現形，都絕不會在我們家裡。

我的姊妹同樣屬於光明的世界。我時常覺得，她們在本質上更接近父親和母親；她們比我更好、更有教養、更完美。她們有缺點和壞習慣，但在我看來並不嚴重，跟我的情況不同；我與邪惡的接觸，充滿沉重的壓力，飽受折磨，我比她們都還要接近黑暗的世界。我的姊妹跟父母相似，值得體諒與尊敬。假如跟她們吵架，事後總會自責不已，自認是個麻煩製造者，應該請求她們寬恕。因為損及我的姊妹，就等同損及我的父母，還有損及良善與高尚。有些祕密，我寧願告訴最墮落的街頭無賴，也不能夠讓姊妹們分享。

在凡事如意的日子裡，當一切光明且感覺正確時，跟姊妹們玩耍真是愉快。跟她們在一起，看著自己置身於一個正確、崇高的假象中，感覺相當美好。當天使的感覺，應該就是這樣吧！這是我們想像得到的最高境界了，天使甜蜜且美妙，被光明的聲音與香氣所圍繞，有著過聖誕節的幸福。啊，這樣的時光是如此難得！通常在玩的時候，明明是一些大人允許的無害遊戲，我卻突如其來的亢奮、激動，讓姊妹們難以招架，最後演變成爭吵和不快的局面。而只要我一發怒，情況就變得很恐怖；我會口不擇言地說出當下即後悔的髒話，做出令自己良心不安的惡劣舉動。接下來，便是懊惱的時刻，我只能痛苦地請求原諒。然後光明重現，恢復到數小時或片刻前的平靜以及感恩的溫馨。

我在拉丁文學校就讀，市長和林場主任的兒子和我同班，他們有時候會來找我玩。他們任性、蠻橫，卻都還是良善、正派世界裡的一份子。我們或多或少瞧不起附近的一些孩子、瞧不起公立學校學生，但不表示從來不和他們接近。我的故事就要從他們其中的一位講起。

一個閒暇無事的下午，當時差不多十歲的我，和兩個鄰居孩子一起閒晃。隨後，一個高大的男孩也來插一腳，他約莫十三歲，強壯且粗魯，是公立學校的學生，裁縫師的兒子。他的父親是個酒鬼，一家子聲名狼藉。我認得這個法蘭茲·克洛摩（Franz Kromer），我很怕他，內心並不希望他來加入我們。他的舉止儼然一個成年人，還會模仿工廠年輕學徒的動作和說話的方式。在他的指揮下，我們緊靠著橋墩往下走到河邊，躲進第一座橋拱下方。河水緩緩流動，河面和橋拱之間的狹長河岸上堆滿垃圾、杯盤碎片、各種破爛舊物、散亂成捆的鏽鐵絲，還有各式各樣廢棄物。這裡，偶爾還可以撿到一兩樣有用的物品。

法蘭茲．克洛摩下令在這段河岸搜尋，要我們把找到的東西交給他。他檢查以後若不是占為己有，就是丟進水裡。他特別指示留意鉛、黃銅、錫製的東西；找到了，他就通通往自己身上塞，連一把老舊的牛角梳子也不放過。跟在他身旁，老讓我惴惴不安，並非為了父親若曉得這件事，一定會禁止我跟他來往，而是因為我害怕法蘭茲這號人物。然而我很高興他沒有排斥我，對待我就像對待其他同伴一樣。他發號施令，幾個孩子遵從行事，似乎是大家長久以來形成的相處默契。即使今天是我第一次跟他在一起，也不例外。

最後，我們一起坐到地上，法蘭茲往水裡吐口水，樣子看起來就像個大人；他從門牙縫把口水噴出來，每次都能正中標的。接著，大家開始閒聊，各個拿出各式各樣的英雄事蹟和惡作劇來吹噓炫耀。我沒搭腔，卻擔心自己的沉默會惹來側目，也引起克洛摩的不滿。我的兩位同伴從一開始就特意跟我保持距離，盡量往法蘭茲靠攏。我感覺自己成了異類，對他們而言，我的穿著和舉止儼然是一種挑釁。我是拉丁文學校的學生，是個仕紳的兒子，法蘭茲不可能喜歡我。至於其他兩位，我覺得，只要一有狀況，他們肯定會出賣我，棄我於不顧。

出於畏懼，我終於也吹起牛來了。我編了一個偉大的強盜故事，把自己塑造成英雄。我說，有天夜裡，我和同伴溜進街口磨坊的果園裡，偷走滿滿一整袋的蘋果；不是普通的蘋果，而是上等的萊茵特蘋果[2]和金帕爾美蘋果[3]。為了脫離迫在眉睫的險境，我藉著捏造的故事尋求庇護，更怕話一停可能陷入更糟的情況，於是竭盡所能地發揮了說故事的能力。我說，我們其中一個人站哨，另一個人從樹上丟蘋果下來。裝滿蘋果的袋子重得不得了，以致於不得不倒出半袋蘋果。不過，半小時之後，我們又回頭把剩下的半袋蘋果也拿走。

說著說著，我愈來愈進入狀況，甚至對自己的口才暗自竊喜。講完了故事，我期待獲得一些掌聲。兩個小傢伙悶聲不響，觀望著，法蘭茲．克洛摩則半瞇著眼睛盯著我看，語帶威脅地問：「是真的嗎？」
「是的。」我說。
「千真萬確？」
「沒錯，千真萬確。」我抬頭挺胸地保證，內心卻怕得要命。
「你可以發誓嗎？」
我非常驚慌，但立即答應了。
「那麼你說：老天爺作證！」
我說：「老天爺作證。」
「那好吧！」說完，他轉身離開。
我以為沒事了，看到他起身要回去，還很高興。我們爬回橋上時，我小心翼翼地說，我

2 萊茵特蘋果：Reinetten，一種綠色、粗皮、易保存的蘋果。
3 金帕爾美蘋果：Goldparmänen，金黃色萊茵特蘋果。

必須回家去了。

「不用這麼急，」法蘭茲笑著說：「我和你走同一條路啊。」

他慢慢地往前晃去，我一步也不敢開溜，而他的確朝我家的方向走去。到了我家前面，一見熟悉的大門、粗重的門把、映照在窗櫺上的陽光，以及母親房間的窗簾，我不禁深深舒了一口氣。喔，回家了！喔，回家多麼美好、幸福，回到光明、回到和平！

我迅速地開了門溜進去，就在準備把門闔上的片刻，法蘭茲也跟著擠了進來。磁磚砌的甬道上冰冷幽暗，些許陽光從院子裡透進來。他站到我身邊，一把抓住我的手臂，小聲地說：「喂，不要那麼急！」

我驚恐地看著他。他的手勁之大有如鐵一般堅硬。我不知道他有什麼意圖，他是想要揍我？我心想，假如這時候我放聲大喊，會不會有人從樓上衝下來救我？但是，我放棄了。

「什麼事？」我問：「你要做什麼？」

「沒什麼。只不過還有一些事得問你。其他人不需要知道。」

「真的嗎？好，你還想知道什麼？我得上樓去了。」

法蘭茲壓低聲音說：「你知道街角磨坊旁邊的果園是誰的嗎？」

「我不知道。磨坊主人的吧。」

法蘭茲一把摟住我，把我緊緊靠近他，我不得不正面看著他的臉。他的眼神帶著凶氣，微笑得有些邪惡，臉上滿是殘暴與威力。

「好，小子，我可以告訴你誰是果園主人。我老早就知道有人偷蘋果這件事，我還知道果園主人說過，只要有人揪出偷蘋果的小偷，他就獎賞兩馬克。」

「天哪！」我呼喊著：「你該不會跟他說這件事吧？」

我感覺得到，想要喚起他的榮譽以求情是沒有用的。他來自另一個世界，對他而言，背叛不算是罪。這一點，我完全可以瞭解。在這種情況，來自「另一個」世界的人，反應跟我們不一樣。

「不說？」克洛摩笑著：「親愛的朋友，你以為我家開製幣廠？我不像你有個有錢的老爸，我是個窮鬼。假如有機會賺兩馬克，我就得去賺。說不定他還會給我更多。」

他突然放開我。我家的甬道再也聞不到寧靜和安全的氣息，我周圍的世界崩塌了。他要去告發我是罪犯，父親會知道這件事，警察甚至會找上門來。所有驚恐由四面八方逼近，一切醜惡和危險鋪天蓋地而來。此時，我沒有偷東西的事實已經不重要了，更何況我還對天發過誓。天啊！天啊！

淚水湧上了我的眼眶。我感覺我必須想辦法贖回自己，於是我絕望地伸手搜尋身上所有的口袋。口袋裡沒有蘋果、沒有隨身小刀，什麼東西也沒有。我突然想起我的手錶。那是一只老舊的銀錶，是祖母留下來的東西。它的指針已經不會走，但我一直把它戴在手上。我迅速取下手錶。

「克洛摩，」我說：「聽好，你不必去告發我，如果你真這麼做，就很不夠意思。我把我的錶送給你，瞧，在這兒；抱歉，除了這個之外，我一無所有。你把這只錶拿去吧，它是銀製的，工很細。只是它有點小毛病，你得拿去修理。」

他笑著伸手接過錶。我看著這隻大手，想它是如此粗暴地對待我，深懷敵意，一意侵襲我的生命和平靜。

「它是銀製的——」我怯怯地說。

「我對你的銀製品和你的老錶才沒興趣呢！」他鄙夷地說：「你自己拿去修理吧！」

「可是法蘭茲，」我叫著，內心在顫抖，因為他就要跑走了。「等一下嘛！把手錶拿去吧！它的確是銀做的，如假包換。再說，我也沒有其他東西了。」

他冷漠地看著我，目光裡盡是輕蔑。

「哼，你知道我要去找誰的。或者我也可以去跟警察說，我跟警員也很熟。」

他轉身要走。我拉住他的袖子。絕不能讓他去告密。我寧死，也不願忍受他這一走後所帶來的後果。

「法蘭茲，」我懇求他，激動得聲音都沙啞了：「不要做傻事！你是在開玩笑，對吧？」

「沒錯，這只是個玩笑，但對你而言，代價卻不小。」

「你告訴我，法蘭茲，我該怎麼辦，你要我做什麼我都願意！」

他瞇起眼打量著我，又笑了起來。

「別傻了！」他矯情地說。「你我都心知肚明。我明明可以賺兩馬克，而我又沒有富到可以讓它飛走，這點你也曉得。你有錢，你看你還有手錶呢。你只要給我兩馬克，一切就沒事啦！」

我當然懂得他說的。可是兩馬克！對我來說，兩馬克就跟十馬克、一百馬克、一千馬克一樣多。我根本沒有錢。我在母親那裡有一個小存錢筒，每次叔叔伯伯來家裡拜訪之類的，他們會丟一些十分尼或五分尼硬幣到裡面。我僅有的就這些了，而且我還不到領零用錢的年紀。

「我真的沒錢。」我難過地說：「我根本沒有錢。但是錢以外的東西，我全部都可以給你。我有一本印地安人的書、戰士玩具，還有一個羅盤。我去拿給你。」

克洛摩只扭動一下嘴巴，兇惡地往地上啐了口口水。

「少說廢話！」他威嚇地嚷道：「你那些破銅爛鐵留著自己用吧。一個羅盤？你可不要把我惹火了，聽好，去拿錢來！」

「但是我真的沒錢啊，從來沒人給過我錢。我也沒辦法！」

「那你明天拿兩馬克來給我。放學後我在市場那邊等你，咱們把事情做個了結。假如你沒拿錢來，就等著瞧吧！」

「好，可是我去哪兒拿錢？上帝啊，我怎麼辦——」

「這是你的事，你們家有的是錢。明天放學後見。我跟你說：假如你沒拿錢來的話——」他那可怕的眼神望向我，然後又吐了一次口水，才如影子般消失。

我無法走上樓去。我的生命毀了。我想要逃家，永遠不再回來，或是乾脆跳到河裡淹死。但這些只不過是我的想像罷了。黑暗中，我縮成一團坐在樓梯的最底階，陷入自己的不幸當中。麗娜提著籃子下樓取木柴，發現我坐在那兒哭。

我請她什麼都別提。我上了樓。玻璃門旁的掛鉤上，掛著父親的帽子和母親的陽傘，家和溫柔的氣息朝我飄散過來，我滿懷懇求和感激擁抱它們，如同回頭的浪子熱切擁抱老家的景象和氣味一樣。然而，這一切已經不再屬於我，它們只屬於父母親的光明世界。我一身罪愆，捲入陌生的潮水之中，深陷邪惡的深淵，正飽受敵人威脅，面臨危險、恐懼和恥辱。

眼前的帽子和陽傘，上等的砂岩地板，門廳櫥櫃上方的大幅畫作，姊妹從客廳裡傳來的聲音，從來不曾像現在這般親切、溫柔與珍貴。但是，它們不再提供安慰，不再給我安全了，而是成了一種譴責。這一切再也不屬於我了，我沒資格分享喜悅與寧靜。我雙腳上沾染的污穢，就算在鞋墊上擦也擦不掉，我的身後尾隨著這個世界看不到的陰影。多少祕密與不安，過去何嘗沒有呢！然而，跟今天帶回家來的相比，那些不過是兒戲罷了。命運緊跟著我，向我伸出魔掌，連母親也保護不了我，我不能讓她知道這事。不管我的罪行是偷竊還是說謊（我不是在老天爺面前發了誓嗎），終歸一樣。我的罪惡已經不是在這兩件事上，真正的罪惡是，我把自己交給了魔鬼。我為什麼要跟著他走？我為什麼要聽從克洛摩的話，更甚於聽從父親的話？我為何要捏造那個故事，還把罪行當成英勇事蹟，洋洋得意？此刻，惡魔逮住了我，敵人正追趕在後。

曾有短暫的片刻，我並不害怕明天即將發生的事。真正讓我感到懼怕的是，從明天開始，我的人生道路即將逐漸走向黑暗，愈來愈糟。我清楚地知道，一次過錯必將引出更多罪行，我在兄弟姊妹之間的舉止、我對父母的問候和親吻，也將會是個虛偽的欺騙。我身上背負著一個命運和祕密，卻只能深藏在心底。

當我看著父親的帽子，腦海裡突然閃過信心與希望。我真想向父親坦承一切，願意接受他的判決和懲罰，讓他知情，成為我的救星。我會得到懲罰，如同過去時常接受的一樣，經歷那嚴酷、痛苦的時刻，艱難且虔誠地請求原諒。

這聽起來多麼甜美！多麼誘人啊！但這是不可能的。我知道我不會這麼做。我知道現在的我有祕密，我的罪過必須獨自承擔。也許我走到一條分岔的路口，也許此刻起，我將永遠屬於敗類，必須與惡徒分享祕密、依賴他們、服從他們、成為像他們一樣的人。我自以為成熟，假扮英雄，現在不得不承擔後果。

踏進房裡，父親指責我沒把濕了的靴子擦乾淨，我反而很高興。這分散了他的注意力，讓他沒有察覺更糟糕的事。我承受父親的責罵，暗自把它轉移到另一項錯誤上。頃刻，我的心裡閃過一種從未有過的奇特感覺，一種充滿邪惡且尖刻的念頭，我覺得自己凌越了父親！瞬間，我藐視他的無知，在我看來，他責罵我沒擦乾靴子一事，簡直小題大作。「你要是知道一切的話……」我心想，自己就好像一個因為竊取麵包而受審的小偷，事實卻是犯下謀殺的勾當。這種感覺醜惡且叛逆，但它強烈又深具魅力，比我那些關於祕密和罪過的想法，更牢牢吸引我。也許克洛摩已經向警察告發了，雷雨即將朝我襲來，而我在這個家仍被當成小孩子一樣看待！

截至目前，這是整個事件最重大的一刻，影響久遠。它是危及父親神聖形象的第一道裂痕，是造成支柱崩塌的第一道縫隙；這曾經撐起童年天地的支柱，在每個人得以成為他自己之前，必定都將被摧毀。命運的底蘊，是由其他人看不見的經驗所組成。這樣的切割和決裂會再度癒合，會痊癒且被遺忘，然而隱密的深處，它依然存在，繼續淌血。

這股嶄新的體會立即讓我感到恐懼，我真想馬上跪下來親吻父親的雙腳，請求他原諒。但是，任何人都不會平白無故請求原諒，這方面，一個孩子的認知和所有智者一樣清楚，一樣深切。

我需要仔細思考發生在我身上的事情，想想明天該怎麼辦，只是我沒能這麼做。整個晚上，我忙著適應家中變了樣的氣氛。客廳牆上的鐘和桌子、《聖經》和鏡子、書架和牆上的畫，彷彿都在跟我道別，我必須冷漠地觀察我的世界，看著幸福美好的生活離我遠去，成為過去。我必須感受自己如何用新的根攀附在外頭的黑暗和異地裡。我首次嚐到死亡的滋味；死亡嚐起來苦澀，因為它是新生，它是一種面對重生的畏懼。

真高興終於躺在自己的床上了！先前的晚禱對我而言，猶如最後的煉獄，大家還唱了一首讚美歌，那是我最喜歡的其中一首。啊，但我沒有跟著唱，每個音符對我來說都像是重拳。父親念著禱告詞，我也沒有跟著禱告，當他說到最後一句：「上帝與我們同在！」一陣痙攣把我從眾人當中抽離。上帝的恩賜與他們同在，卻不再與我同在。我空虛且疲憊地回房去。

我在床上躺了一會兒，讓溫暖和安全包圍著我，我充滿恐懼的心再度迷惘，在發生的事件上怔忡徬徨。母親和往常一樣前來向我道晚安，我聽見她的腳步聲還在房間裡迴響，燭光猶在門縫邊發亮。此時，我心想，她還會再回來，她感覺到我的不對勁了。她會給我一個吻，親切地問我發生了什麼事，然後我會哭出來，卡在喉嚨上的硬塊終於溶化，我會抱著她說出實情，然後一切就沒事了，我將獲救！門縫變暗了，我還豎耳傾聽了一會兒，堅信這些情景一定會發生。

之後，我的心思又回到困境，眼前浮現敵人的影像。我可以清楚看到他瞇起一隻眼睛，放肆地張嘴大笑。我看著他，感覺自己永遠也逃脫不了，就在這時候，他整個人變得更大更醜陋，邪惡的眼神發出魔鬼般的光芒。他糾纏著我，直到我入睡。隨後，我沒有夢見他，也沒夢到今天的事，而是夢見我們一家人，爸爸媽媽、姊妹們和我在一艘船上，享受假日的寧靜與光輝。夜裡，我醒了過來，回味著夢裡的幸福，彷彿還看得見姊妹的白色夏衣在陽光下發亮。然後我從天堂跌落到現實，眼神兇惡的敵人再度浮現。

隔天早晨，母親匆忙跑進來，告訴我時候不早了，為何我還躺在床上，這時候，我的樣子看起來很糟。她問我哪裡不舒服，我嘔吐了。

這似乎達到了目的。我很喜歡生個小病，可以在床上躺一整個早上，喝喝甘菊茶，傾聽母親在隔壁房間收拾、麗娜在前廳跟肉販講話的聲音。不用上學的上午，有如魔法和童話般美妙，陽光會照進房裡來嬉戲，跟學校透過綠色窗簾的陽光不一樣。可是今天，就連這一切也都走了味，聲響也不對。啊，要是消失在人世該有多好！但是，我不過和以往一樣，只是身體小小欠安罷了，而且改變不了任何事實。生病雖然可以讓我不必上學，卻無法讓我免於法蘭茲的威脅；十一點鐘一到，他還是會在市場上等我。這一回，母親的慈祥安慰不到我，反而徒增難過和痛苦。我只好又裝睡，一面想著事情。沒辦法了，十一點鐘我必須到市場。於是，十點的時候，我輕聲下床，告訴母親我的身體好多了。通常這種情況，我得繼續躺回床上休息，或者下午才回學校。我則表示我想去學校。我的心裡另有打算。

我不可以沒帶錢就去見克洛摩。我必須拿到我的小撲滿。我知道，撲滿裡面的錢不多，根本就不夠；但不論多少都是錢，況且我的感覺告訴我，有總比沒有好，至少可以先安撫克洛摩。

我穿好短襪，躡手躡腳地溜進母親的房間，從她抽屜裡拿出我的撲滿，我的心情非常低落，不過，已經不像昨天那麼糟糕。我的心跳得極快，幾乎要透不過氣來。我把撲滿拿到樓梯間檢查，卻發現它被鎖住了，這下更讓我快要窒息。打開它其實很容易，只要扯開一片薄薄的鐵片就可以；然而這一撕裂帶來苦痛，我名副其實地成了偷竊犯。在此之前，我頂多是偷吃食物、糖果和水果而已。這次卻真的是偷竊，即使偷的是自己的錢。我感覺自己又向克洛摩和他的世界邁近一步，一步一步地向下沉淪。到了這個地步，沉淪就沉淪吧；惡魔逮住我了，已經沒有回頭路。我不安地數著錢，撲滿的聲音聽起來很飽滿，實際上的數目卻少得可憐。總共六十五分尼。我把撲滿藏起來，手中握緊著錢走出家門，今天踏出這扇門的感覺，完全不同於以往。似乎有人在樓上叫我，我趕忙離開。

距離碰面的時間還很充裕，我繞道小路迂迴地走，這個城市彷彿變了樣，天空的雲朵也顯得陌生，兩旁的房子似乎都在注視我，路人也用懷疑的眼光看我。走著走著，我突然想起，曾經有個同學在家畜市場撿到一枚塔勒[4]。我真想祈求上帝創造奇蹟，讓我也撿到類似的東西。但是我再沒有資格祈禱了。即使我真的撿到錢，也無法修補毀損了的撲滿。

法蘭茲．克洛摩大老遠就看到我，卻慢吞吞走過來，似乎無視我的存在。一走近，他就給了一個暗示，要我跟在他後面。他頭也不回地走著，一直走，沿著史多路往下，經過小橋，直到幾幢房子附近的一座新建築物前，才停下腳步。沒有人在施工，光禿禿的牆壁還未裝上門窗。克洛摩環顧四周，從門口走進去，我隨後跟進去。他走到牆後，示意要我過去，同時向我伸出手來。

「你帶了嗎？」他冷冷地問。

4 塔勒：Taler，德國的舊銀幣。

我伸出在口袋裡握緊著錢的手，一把將錢倒在他的手心。最後一個五分尼都還沒落下，他竟然就數出數目了。

「六十五分尼。」他瞪著我說。

「對。」我膽怯地說：「這是我所有的錢，我知道並不多。不過全部就這些。我什麼都沒有了。」

「我還以為你挺聰明的。」他耐著性子溫和地指責我。「正直的人要懂分寸。我不會從你身上拿走不該拿的東西。把你的錢拿回去，拿去吧！另一個人，你知道我說的是誰，不會跟我討價還價，一個子兒也不少。」

「可是我真的沒有錢！我就存這些了。」

「那是你家的事。不過，我不想讓你難過。我收下這些，你還欠我一馬克三十五分尼。什麼時候我可以拿到錢？」

「喔，我一定會給你的，克洛摩！我現在還不曉得什麼時候可以給你——也許很快，明天或後天吧。你知道我不能告訴我爸爸這件事。」

「這不關我的事。我沒有要你為難。其實我也可以在中午以前就拿到我的錢，你懂吧，我可是很窮。你有漂亮的衣服，午餐吃得比我豐盛。不過，我不會洩露任何事。我願意再等一下。後天我會吹口哨叫你，應該是下午的時候，然後你把事情搞定。你認得我的口哨聲吧？」

他吹了聲口哨給我聽，其實我以前就常常聽到。

「好，」我說：「我知道。」

於是他逕自離開，好像我們一點關係也沒有。我們只不過剛進行了一個交易，除此之外，什麼事也沒發生。

即使到了今天，我想，如果突然聽到克洛摩的口哨聲，我仍會嚇一跳。從那一天起，我時常聽到它，感覺它如影隨形；不論任何地方，不管遊戲、工作，或是思考，哨聲無所不在。它掌控了我，成為我的命運。柔和、繽紛的秋日午後，我常常待在家中我很喜歡的小花園裡，一個古怪的念頭會驅使我再度玩起幼年時的遊戲；扮演乖巧、無憂無慮的小男孩，玩著天真而安全的遊戲。然而，我總是有一種預感，克洛摩式的口哨聲，隨時會從某處傳來，驚擾我的思路，毀滅我的想像。然後我不得不離開花園，跟著這個暴君走到污穢醜陋的地方，不斷為自己辯解，讓他警告我有關錢的事。

這種情形大約持續了幾個星期，但對我來說，卻有如好幾年之久，像似永無止境。我很少找到錢，往往是一個五分尼或十分尼，那是從麗娜放在廚房桌上的菜籃子偷來的。每次都被克洛摩痛罵並唾棄；他說我想欺騙他、不給他錢，他說我偷走屬於他的東西，造成他的不幸！我的生命從來沒有遭受這麼多苦難，從來沒有感到如此巨大的絕望，這樣受人奴役。

我拿賭博用的籌碼替代錢幣，填滿那個撲滿，再把它放回原處。沒有人問起這件事。但是，這樣的夢魘日日侵襲著我，相較於克洛摩的哨聲，我反而更怕母親，每當她輕輕走向我時——會是來問撲滿的事嗎？

好幾次我沒帶錢去見我的惡魔，他便用其他方式折磨我、利用我。我必須為他工作。他父親命令他做的事，我必須幫他去做。或者，他要我完成一些困難的任務，例如單腳跳十分鐘、把一張廢紙黏在路人的衣服上。許多夜裡，這些痛苦延伸到了夢中，讓我每每驚醒過來，冷汗浸透全身。

我病了一陣子。時常嘔吐，並很怕冷，夜裡卻流汗、發熱。母親發覺不對勁，愈加關心我，讓我很痛苦，因為我無法報之以信賴。

有天晚上，我已經躺在床上，她拿來一小塊巧克力給我。一如過去的歲月裡，每當我乖巧聽話，晚上入睡前常常可以獲得甜點作為獎勵。現在，母親站在床頭，把巧克力遞給我。我痛苦到只能搖頭。她問我哪裡不舒服，還輕撫我的頭髮。我只一再地說：「不要、不要！我什麼都不要。」她把巧克力放在床頭櫃上，然後離開。隔天，她試圖詢問這件事，我卻裝出一副什麼也不記得的樣子。有一次，她帶我去看醫生，醫生幫我做了檢查，要我每天早上做冷水浴。

我當時的狀況瀕臨精神錯亂。置身充滿秩序、和諧的家中，我卻像個幽靈，過著擔驚受怕的痛苦日子。我沒有參與家人的活動，無法集中注意力。面對父親激動的詢問，我總是沉默且冷淡。

2. 該隱

幫我脫離苦難的這份解救來得相當突然，隨之展開的新生命，更是影響至今。

不久，學校來了一位轉學生。他是一個富有寡婦的兒子，最近剛搬到我們鎮上，他手臂上還戴著黑紗。這個轉學生比我高一年級，年紀卻大了許多，我跟其他人一樣，很快就發現他很特別。這位學生外表看起來比實際年齡老成，給人的印象不像個孩子。比起我們這些傻里傻氣的男孩，他顯得拘謹、成熟，儼然是個大人，確切地說，更像一名紳士。他不受歡迎，從不參與同學的遊戲，更遑論打架或鬧事。但是他對抗老師時的自信，以及堅定的語氣，為他贏得了同學的欽佩。他名叫馬克斯·德密安（Max Demian）。

有一天，就像學校裡偶爾會有的情況，另一個班級因為某種原因到我們的大教室來一起上課。是德密安的班級。我們班正在上《聖經》故事，他們那班必須寫作文。正當老師反覆講述該隱（Kain）和亞伯（Abel）的故事時，我頻頻望向德密安，他的臉特別吸引我；我觀察他那聰明、明朗、堅定無比的臉孔，以及埋首功課時充滿才智的模樣。他根本不像一個正在寫功課的學生，反倒更像是個學者在探究問題。老實說，我並不怎麼欣賞他這副樣子，甚至有點反感；對我來說，他太過優越而冷漠，舉止過於穩健，所以看起來讓人覺得挑釁。他的眼睛有一種大人的神采，小孩子絕對不會喜歡，眼神又帶著淡淡的憂鬱，還有幾分嘲諷的意味。然而，不管我喜歡或討厭他，我仍然不由自主地直看著他；他一朝我這邊看來，我就嚇得趕緊收回我的目光。今天，回想起他當時的學生模樣，我只能說：他各方面都和其他人不同，是那麼的獨一無二，也因而引人注目。他竭盡所能避免自己過於醒目，因此舉止和穿戴就像微服出巡的王子，刻意跟農民百姓混在一起，以便和一般人沒什麼兩樣。

放學回家的路上，他走在我後面。等到其他同學都離開了，他趕上來跟我打招呼。就連打招呼的方式，即使刻意模仿學生的語氣，也還是顯得成熟，彬彬有禮。

「我們一起走一段路好嗎？」他友善地問。我高興地點點頭，然後告訴他我住在哪裡。

「啊，是那裡啊？」他微笑地說：「我早就知道那幢房子。你們家門上方有一個相當稀奇的東西，我一見到馬上就對它感興趣。」

我一時不瞭解他說的是什麼，很驚訝他似乎比我還瞭解我們家。我想，他指的可能是大門拱頂上方，作為拱頂石的一個類似徽章的東西，不過隨著時間久遠，它已經被磨蝕得差不多了，好幾次被人重新上過色。就我所知，它跟我們家族並沒有關係。

「我對這個並不清楚。」我謹慎地說：「好像是一隻鳥之類的東西，應該相當古老了。這幢房子以前曾是修道院。」

「有可能。」他點頭地說：「你再仔細看看它！這類徽章很有趣。我想，那是一隻雀鷹。」

我們繼續走著，我感到很不自在。德密安忽然笑了出來，彷彿想到什麼好玩的事。

「嗯，我跟著一起上了你們的課。」他活潑地講著：「是關於那位額頭上有記號的該隱的故事，對吧？你喜歡這個故事嗎？」

不，才不喜歡，我很少喜歡那些被迫學習的事物。但我不敢實話實說，因為他儼然就是個大人在跟我講話。因此我說，我很喜歡這個故事。

德密安拍拍我的肩膀。

「你不用騙我啦，好朋友。不過，這個故事事實上更奇特，我認為，比課堂上所講的部分還來得更古怪。可是你們老師沒有多提，只講了一些關於上帝和罪惡的論調。然而我認為——」他停了一下，微笑地問：「你對這個有興趣，對吧？」

「對，我想也是。」他繼續說：「我們也可以從完全不同的角度來解釋該隱的故事。當然，老師教給我們的大部分是正確的。不過，我們也可以用跟老師不同的方式來看待它們，而且這麼一來，多半也能為它們找到更好的意涵。例如該隱和他額頭上有記號的這個故事，老師給的解釋實在無法令人滿意。你覺得呢？有個人和自己的兄弟爭吵，然後把對方打死了，這種事當然可能發生。隨後，他心生恐懼並屈服認罪，這也是有可能的。但是，他卻因為自己的膽怯而獲得一個勛章，藉此用來保護他，並且嚇阻其他人，這實在太不合邏輯了。」

「的確沒錯。」我開始覺得有趣了。「但是要用怎樣的方法來解釋這個故事呢？」

他拍拍我的肩膀。

「很簡單！故事的開端，它的主要線索，就是那個記號。一個男子臉上有某種令人害怕的東西，大家不敢接近，對他和他的後裔深感恐懼。也許，不，說不定我們可以確定地說，他額頭上並非真有一個記號，不是像郵戳那樣明顯的記號；現實生活裡很少會有這麼簡陋。我倒覺得，它或許更像是常人看不到、說不上來的一種不祥，超乎一般人習慣的靈性和大膽。這位男子擁有某種氣勢，令人害怕。他有一個這樣的『記號』，人人可以隨意解釋它。而人們往往習慣依循簡單的道理做解釋，讓事情合乎自己的心意。因此，人們懼怕該隱的後裔，他們擁有一個『記號』，大家不予這個記號應有的解釋，不以勛章視之，而是賦予完全相反的意義。人們說，擁有這個記號的人令人毛骨悚然。他們確實叫人感到害怕。的確，具有勇氣與個性的人總是讓人心生恐懼。人們當然不願意看到一個勇敢且令人懼怕的家族到處流竄。於是，他們在這個家族身上強加了封號和寓言，如此一來，就可以和他們扯平，就能補償自己受到的恐懼。你瞭解嗎？」

「我瞭解，這表示說，該隱根本不是兇惡之人？《聖經》裡的整個故事其實根本不正確？」

「這樣的推斷也對，也不對。像這樣古老、原始的故事經常是真的，只是後來的人往往沒有如實地把它記錄下來，也沒有加以正確的解釋。總之，我認為該隱是個很出色的人，只因為大家怕他，就用這個故事加諸他身上。這個故事根本就是謠言，類似人們茶餘飯後的閒扯。除非該隱和他的後裔身上真有一種『記號』，不同於大部分人，這個故事才屬實。」

我感到非常訝異。

「難道你認為該隱殺了兄弟這件事，根本是假的？」我激動地問。

「喔，我不是這個意思！那當然是真的，強者殺死弱者，是常有的事。我們也可以懷疑他殺的是否真的是他兄弟，但這並不重要，畢竟所有人都是兄弟。一名強者殺了一名弱者，可能是一件英雄事蹟，也可能不是。總之，其他弱者因為心存恐懼，於是爭相控訴，但如果問他們：『你們為何不乾脆把他打死？』，他們則不會說『因為我們是懦夫』，而是回答『我們殺不了他，因為他有一個記號，上帝給他的』，這個謊應該就是這樣來的。瞧，我耽誤你的時間了。那麼，再見了！」

他彎進了一條舊巷子裡，留下我獨自一人，感到前所未有的震驚。不過，他一離開，我立即覺得他所說的一切匪夷所思！該隱很崇高，亞伯很懦弱！該隱的記號是一種褒揚！真是荒謬透頂，簡直褻瀆神明，邪門歪道。照他那麼說，親愛的上帝算什麼？他難道同意亞伯的犧牲？他不愛亞伯嗎？不，胡說八道！我猜，德密安是想藉此捉弄我，引我上當。他確實是個非常聰明的傢伙，能言善道，但是對我來說——不！

我從未花這麼多心思在《聖經》故事和其他故事上面，已經很久不曾把法蘭茲·克洛摩完全拋在腦後，即使幾個小時、一整個晚上。回到家，我把該隱的故事再看一遍，故事很簡短，敘述得很明瞭，就和《聖經》上寫的一樣。試圖在這個故事中探尋特別隱藏的解釋，太瘋狂了。否則，每個殺人犯都可以宣稱自己是上帝的寵兒！不，真是胡鬧！德密安討人喜歡的只是那種敘述的態度，至於他講述這些事的樣子，輕率且圓滑，彷彿一切理所當然，還有那雙漂亮的眼睛！

話說回來，當時的我過得很糟，生活一片混亂。我原本生活在光明、井然有序的世界，也是亞伯之類的人。但現在卻陷入「另一個世界」，沉淪得很深，而且無能為力！當時究竟是怎樣的情況呢？是啊，我的腦海裡突然浮現的回憶，幾乎讓我喘不過氣來。我想起那個不幸的夜晚，造成今日的痛苦跟父親有關。我彷彿在一瞬間看穿了他的一切，唾棄他和他的光明世界，以及那些金科玉律。沒錯，當時我把自己想像成該隱，背負著記號，我自認是值得褒揚而非恥辱的記號；而且，我的惡毒和不幸，讓我覺得自己比父親、比所有好人和虔誠的人更崇高。

事發之際，我並未知道得那麼通透，但當時確實是情緒的爆發。奇異的爆發。它們使我痛苦，也讓我感到驕傲。

當我靜下心來，我會想到，德密安談論勇者和懦夫的方式多麼獨特呀！他把該隱額頭上的記號解釋得多麼超凡！我想起他的眼睛，總是流露著成人般的眼神，令人驚訝；他說話的同時，雙眼如此奇妙地閃爍著光芒！我突發奇想：德密安會不會是該隱之輩？假如他對該隱沒有共鳴，又怎麼會想要幫他辯護？他的眼睛為何總是炯炯有神？他為何用如此嘲諷的語氣，來談論那些虔誠、謙卑的「上帝選民」？

我拋不開這些念頭，它們有如一顆石頭掉入井裡，而這口井正是我年少的心靈。有很長很長一段時間，該隱、謀殺和記號這些故事變成了關鍵，每當我理解、疑惑和批判的時候，總能在這個關鍵上找到出口。

我發覺，其他學生也很喜歡談論德密安的事。我沒有向任何人提起他對該隱故事的解釋，但不減其他人對他的興趣，至少到處都聽得到關於這位「新生」的謠言。我已經記不得全部的謠言，每起謠言都可能揭開他的面紗，每起謠言都被人下了註解。記得一開始謠傳的是，德密安的母親相當富有；她從不上教堂，她的兒子也是。還有謠傳說，他們是猶太人，但也可能私底下是伊斯蘭教徒。此外，大家還編了許多馬克斯．德密安武力高強的童話故事；可以確定的是，他們班上最強壯的同學當真被他狠狠羞辱過一頓。這個同學向他單挑，德密安不理會，他就罵德密安是懦夫。在場的人說，德密安單單一隻手就掐住他的脖子，把他掐得緊緊的，那小子立刻臉色發白，隨後逃之夭夭，但兩隻手臂一整天無法動彈；甚至有人說，當天晚上他就死了。有一陣子，任何關於德密安的傳言，就算說法荒謬怪誕，還是有人相信，即使某天大家厭煩了，停了些時日，不久還是會有新的謠言又起，這會兒他們說，德密安跟女生有親密關係，而且「精通此道」。

這段期間，我和法蘭茲．克洛摩之間的事情無可避免地繼續發展。我甩不掉他，即使他偶爾連續幾天沒有來煩我，我依然受他束縛。他如影隨形，常常出現在我的夢裡，他在現實生活中未對我做的事情，我的想像力讓他在我的夢中實行。在夢裡，我完全成為他的奴隸。我本來就喜歡做夢，我活在夢中更甚於活在現實裡。在克洛摩的陰影之下，我逐漸失去了生命力。此外，我時常夢到克洛摩虐待我，夢見他對我吐口水，用膝蓋壓住我的身體，更糟的是，他引誘我犯下滔天大罪——其實不算是引誘，應該是我屈服於他的威權。其中最可怕的一項是我們一起謀殺我父親，從這個夢中醒來的時候，我幾乎要瘋了。夢裡，克洛摩磨好一把刀，把它放到我手中，我們埋伏在林蔭大道的樹後面，等候某人，一開始我並不知道在等誰。那個人一走過來，克洛摩掐住我的手臂，暗示我眼前就是要殺的人，不料那竟然是我的父親。我登時驚醒了過來。

這讓我想到該隱和亞伯的故事，不過我沒常想到德密安。奇怪的是，德密安再度來找我，也是發生在夢裡。我又夢見自己遭遇虐待和暴力，但這次用膝蓋壓我的人不是克洛摩，而是德密安。而且，這次的夢太不尋常了，讓我留下深刻的印象。每當我忍受克洛摩的欺凌，總是充滿痛苦和不悅，然而，面對德密安的虐待，我卻是欣然承受，心裡混雜著快樂和恐懼的感覺。我做過兩次這樣的夢，然後，克洛摩再度回到夢中。

事實上，我已分不清哪些事發生在夢裡，哪些事則發生在現實中了。但不管怎樣，我和克洛摩之間的惡劣關係仍持續不斷。就連最後，我累積每次偷來的小錢，終於把欠債還清，這件事還是沒完沒了。他經常問我錢從哪裡來的，所以知道我偷錢的事；於是，我更擺脫不了他的控制。他屢次威脅要向我父親揭發。我真後悔自己沒有一開始就親口告訴父親真相。

這種遺憾，遠遠超過我的恐懼。然而，儘管如此不幸，我卻未對一切感到懊悔，至少不是經常，有時候甚至相信這一切都是命。我在劫難逃，想要排除災難，完全白費力氣。

我的父母大概也為我所受的折磨，吃了不少苦。我彷彿被惡靈附身，再也融不進這個曾經親密的家。有時候，我會無端生起一股強烈的鄉愁，渴望回到長久失去的天堂一樣。我的家人，尤其是母親，把我當病人看待，而不是變態。但是，兩個姊妹的態度最能反映事實。她們體貼得讓我難受，擺明了我是著了魔，大家不應該譴責，而是感到惋惜。然而，附在我身上的確實是惡靈。大家為我禱告的方式，和以往迥然不同，但我覺得禱告根本沒用。我渴望得到解脫，渴望真誠的懺悔，但我早就瞭解到，我不會對父母道出一切，也無法恰當地加以解釋。我知道，無論如何他們都會溫和地接受，也會非常體諒我，甚至同情我，但就是無法全然瞭解。他們可能會把整件事視為某種脫序行為，而事實上，這卻是一種命運。

我知道有些人不相信，一個不到十一歲的孩子會有如此的感受，但我的故事不是講給這些人聽的，而是那些更瞭解人性的人。成人已經學會用想法表達自己的感覺，所以認為孩子沒有思想，就不覺得他們會有這些體驗。然而，之後我的一生中，再沒有像當時那樣感受那麼深、那麼受創了。

一個下雨天，折磨我的人把我約去城堡廣場。我站在那兒等他，濕淋淋的葉片從黑色的栗子樹上不斷落下，我用腳在這些潮濕的樹葉中翻尋。我身上沒錢，不過，為了至少可以塞個東西給克洛摩，我留了兩塊蛋糕帶了來。我早已習慣站在角落等候他，而且時常等很久，我對此忍氣吞聲，正如一般人忍受著無法改變的事一樣。

克洛摩終於來了。他沒有逗留很久。他輕輕捅了我幾下，微笑著接過我的蛋糕，甚至遞給我一根點燃的香菸，但我沒有接下。他比平常顯得友善。

「對了，」就在離開的時候，他說：「我差點兒忘了，下一次你可以帶你姊妹一起來，我是指你姊姊，她到底叫什麼名字？」

我根本沒意會過來，所以沒答話，只是錯愕地看著他。

「你沒聽懂嗎？我要你帶你姊姊過來。」

「我懂，克洛摩，但這不可能。我不可以這麼做，而且她也不會跟著來。」

我想，這不過又是一個刁難和藉口，因為他經常要求我完成一些不可能的任務，嚇唬我、侮辱我，再慢慢跟我討價還價，最後我必須用一些錢或其他禮物來滿足他。

這回他卻相當反常，對我的拒絕絲毫沒有慍色。

「那好吧，」他悠悠地說：「你自己考慮一下。我想認識你姊姊，你就找個機會帶她一起散個步，然後我也跟過去。明天我吹口哨叫你，我們再來談談這件事。」

他一離開，我突然才明白過來他的企圖。我還是個孩子，但已經從傳聞中知道男生和女生年長一些，會在一起進行某些祕密的、有失體統的禁忌。而我現在——我恍然大悟，這事有多可怕！我立刻下定決心，絕對不照克洛摩的命令去做。但接下來會發生怎樣的後果？克洛摩會如何向我報復？我幾乎不敢想像。對我而言，這又是一項新的折磨，而且才開始。

我絕望地越過空蕩蕩的廣場，雙手插在口袋裡。新的痛苦，新的奴役！

這時，突然一個低沉有力聲音叫住我。我嚇得拔腿就跑。有個人在我後面緊追，接著，從後面輕輕地一把抓住我。是馬克斯・德密安。

我停了下來。

「是你？」我有點驚愕：「你把我嚇壞了！」

他看著我，眼神流露著從未有過的成熟、審慎，彷彿能看透一切。我們已經很久沒有互相交談了。

「抱歉。」他的語氣十分有禮，但堅定：「但你大可不必這麼驚慌啊。」

「我被你嚇到了啊，這種事本來就這樣呀。」

「也許吧。不過，如果是一個從未傷到你的人把你嚇成這樣，那這個人就會想，會驚訝，會對此好奇。他也許會想，原來你這麼膽小，然後聯想到：人在害怕的時候特別容易受驚嚇。膽小的人經常心生恐懼。但是我相信你不是個膽小鬼，對吧？哦，當然，你也不是什麼英雄好漢。總會有些東西讓你害怕，有些人讓你感到畏懼。但絕不能如此，不行，我們不該對人畏懼。你該不會是怕我吧？還是……」

「哦，不，根本不是。」

「你瞧，就是嘛！但你怕某些人，對嗎？」

「我不知道……別鬧了，你有什麼事？」

我一心想逃避，於是越走越快，他加緊腳步跟上來，我感覺他一旁遞過來的眼神。

「相信我一次嘛，」他又說：「我是一番好意。你至少不用怕我。我想跟你一起做個實驗，很有趣的實驗。而且，你可以從中學到一些有用的東西。你聽好嘍！我有時候會試驗一種本領，大家稱它為讀心術。它並非妖術，不過你假如不瞭解，就會覺得不可思議。你可以用它來嚇唬別人。現在，我們來試一下。好，我喜歡你，也可能是對你感到興趣，想要探究你內心的想法。第一步我已經辦到了。我把你嚇到，證明你很容易受驚嚇。所以你對某些人事物感到害怕。為什麼？因為我們不需對人畏懼。假如你懼怕某人，那代表你賦予了他這個權力，例如你做壞事被另一個人發現，他就有權控制你。你懂嗎？很清楚，對不對？」

我茫然地盯著他，這張臉看起來和以往一樣認真，聰明，而且善良；神情裡沒有溫柔，只看得到一股正義感。我不知道究竟發生什麼事，眼前的他儼然魔術師似的。

「你瞭解了嗎？」他再問一次。

我點點頭，卻說不出話。

「我剛剛說過了，讀心術似乎很奇怪，其實再簡單不過。我也可以舉個實例，像上次我告訴你該隱和亞伯的故事時，我立刻就知道你當時對我的感覺。不過，這件事與此無關。我也認為你有可能曾經夢過我，這個夢我們也不必談！你是個聰穎的孩子，大部分人都很笨！我喜歡跟一個聰明孩子，我信賴的孩子說話。你願意嗎？」

「哦，好。只是我根本不瞭解——」

「我們繼續這個有趣的實驗吧！於是，我們發現：辛同學很膽小，他怕某人，他可能跟這個某人擁有共同的祕密，這個祕密讓他心煩意亂。是不是這樣？」

我如置夢中，為他的聲音及影響力所征服。我只能點頭。此刻，這個說話的難道是我自己嗎？這個聲音知道全盤的事？這個聲音對一切比我還瞭若指掌？德密安用力拍了拍我的肩膀。

「所以，我說得沒錯吧。我老早就預料到了。現在還有一個問題：你知道剛才在城堡廣場，離開你的那個男孩叫什麼名字嗎？」

我大為吃驚，他觸及了我痛苦的祕密，我極力想隱瞞的。

「哪一個男孩？剛剛那裡除了我之外，沒有其他人啊。」

「你就說出來吧！」他笑著說：「他叫什麼名字？」

我輕聲說道：「你是指那個法蘭茲．克洛摩？」

他滿意地點點頭。

「太棒了！你是個機靈的小子，我們會成為朋友。但是現在我必須跟你說：這個克洛摩或什麼的，他不是個好東西。他那張臉告訴我，他是個流氓無賴。你認為呢？」

「是啊！」我嘆一口氣：「他很惡劣，他是個撒旦！但這件事不能讓他知道！天哪，不可以讓他知道！你認識他嗎？還是他認識你？」

「別激動！他已經走了，而且他不認識我，他還沒有機會認識我。不過，我倒很想認識他。他是念公立學校嗎？」

「對。」

「哪一個年級？」

「五年級。可是，別跟他說任何事！拜託你，什麼事都不要跟他說！」

「你冷靜點，你不會有事的。我猜，你大概不想再告訴我一些有關這個克洛摩的事，對不對？」

「我不能！好了，你放過我吧！」

他沉默了一會兒。

「真可惜，」他接著說：「我們原本還可以繼續這個實驗的。但我不想煩擾你。不過，你已經知道你不該對他恐懼，對吧？這種恐懼會讓人崩潰，我們必須擺脫它才行。如果你想成為正直的人，就必須擺脫它。你瞭解嗎？」

「當然，你說得沒錯……但是行不通的。你真的不知道……」

「你也看出我知道一些事，比你想像的還多。難道你欠他錢嗎？」

「對，我欠他錢，但這不是重點。我不能講，真的不能！」

「所以，如果我給你錢讓你拿去還他，也沒用嗎？我真的可以給你錢。」

「不、不，不是這樣的。我求求你，不要告訴任何人這件事！一個字都不能提！你讓我很難受！」

「相信我，辛克萊。過些時候，把你們的祕密告訴我——」

「不，絕不！」我生氣地大叫。

「隨便你了。我只是想，也許我們以後可以多講講一些事。當然得出於你的意願！你該不會把我想成跟克洛摩同一夥的吧？」

「哦，不，可是你真的什麼都不知道！」

「我的確不知道！我只是在思考而已。而且我絕對不會跟克洛摩一樣，這點你可以相信我。你可沒欠我任何東西。」

我們沉默了好一會兒，我冷靜了下來。但是，對德密安所知道的事，愈來愈感到不解。

「現在我要回家去了。」他一邊說，一邊在雨中把粗呢大衣拉得更緊。「我們已經談了很多，所以我只想再跟你講一件事——你應該擺脫這小子！要是毫無辦法的話，乾脆就把他打死！假如你這麼做，我會替你覺得高興，還會敬佩你。而且我也會幫你。」

我再度害怕了起來。我突然又想到該隱的故事。我感到恐懼，不由得開始啜泣。我的身邊實在太多陰森可怕的事了。

「好吧，」馬克斯・德密安微笑地說：「你回家去吧！我們總會找到辦法的，雖然打死人是最簡單的方式。這種事啊，最簡單的方式往往就是最好的途徑。克洛摩不會是你的好朋友。」

我回到家裡，頓時感覺好像離家有一年之久，家中一切看起來非常不一樣。我和克洛摩之間彷彿一下子多了某種東西，像是未來、希望之類的東西。我不再是孤獨的！而且這才發現，過去幾週來，我獨自承受自己的祕密，多麼恐怖啊。我立即想起多次仔細考慮過的事：向父母親懺悔，也許可以減輕我心裡的負擔，卻無法幫助我真正解脫。而現在我卻差一點就向另一個人，一個陌生人做了告白。我想像自己獲得解救，這份想像有如一股濃烈的香氣向我迎面飄來！

不過，我的恐懼依然久久無法克服。我估計自己跟敵人之間的可怕戰鬥，還要持續好長一段時間。因此，當一切竟然不知不覺地平靜下來，連我都覺得詭異。

克洛摩的口哨不再出現，一天、兩天、三天過去了，一個星期過去了。我不敢相信，內心還暗忖著，他會不會無預警地又突然站在哪兒。可是，他走了，而且從此沒有回來過！我對重新獲得的自由感到困惑，始終不可置信，直到有一天我遇見法蘭茲．克洛摩。他正好沿著賽勒路迎面向我走來。他看到我的時候，彷彿嚇了一跳，臉上一副五味雜陳的怪表情，並且轉身離開，以免跟我碰頭。

對我而言，這一刻真是前所未有！我的敵人竟然從我面前逃跑！我的撒旦怕我！我簡直又驚又喜。

在這期間，德密安又出現過一次。他在校門前等我。

「你好！」我說。

「你早，辛克萊。我只是想知道你好不好。克洛摩那傢伙不再煩你了，對吧？」

「是你做的嗎？但怎麼辦到的？怎麼辦到的？我完全不能理解。他不再來找我了。」

「這樣很好。要是他再來的話——我想，他不會的，不過他畢竟是個無恥的傢伙，要是他真的再來，你只要叫他想想德密安即可。」

「但是，你和這件事有什麼關連呢？你跟他爭吵，還是毆打了他嗎？」

「沒有，我不喜歡來這套。我只是跟他談一談而已，就像跟你一樣，而且我讓他明白，離你遠一點，對他才有好處。」

「啊，你該不會給了他錢吧？」

「沒有，老弟。這方式你不是試過了。」

他說完後就離開。我本想多瞭解一些的，此刻只能站在原地，滿懷之前他帶給我的不安，怪的是，還摻雜了感恩和羞怯，欽佩和害怕，愛慕和抗拒。

我希望很快再見到他，向他問個清楚，也談談關於該隱的事。

然而，這個願望一直未能實現。

感恩根本不是我所信仰的美德，甚至認為，要求一個孩子要懂得感恩，相當不確實。也因此，一點也不驚訝自己對馬克斯．德密安的所做所為完全不知感恩。下筆的今天，我堅信，假如當年他沒有把我從克洛摩的魔掌解救出來，我這一生勢必盡是病態和墮落。當時的我也已經知道，這番解救是我年少生命中重大至極的歷程。然而當解救者一完成奇蹟，我就轉頭不相認。

正如先前提到，我對自己不懂得知恩圖報，一點也不奇怪。我唯一覺得不尋常的是，我行動上的缺乏好奇心。我並不想知道德密安透露的祕密，繼續如常的過日子，這是怎麼一回事？我克制了自己的慾望，沒有再去多聽一些關於該隱的事，多聽一些關於克洛摩的事，多聽一些關於讀心術的事，這到底怎麼回事呢？

雖然難以理解，卻是不爭的事實。我突然脫離了惡魔的羅網，眼前再度看見充滿光明和愉悅的世界，不用再擔憂良心不安，不必再忍受窒息的心悸苦痛。魔力破除了，我不再是受折磨的入地獄者，我又恢復從前的學童身分。我的本性試圖盡速回到平衡與安定的狀態，也因此特別費心去移除、去忘記許許多多的醜惡和威脅。一切關於我的罪惡和恐懼的漫長故事，很快就從我的記憶當中消逝，表面上絲毫未留下傷疤與痕跡。

而今天，我也理解當初自己為何試圖同樣迅速忘記我的救命恩人。我是在用受損心靈所能有的全部力量，逃離地獄苦海、脫離克洛摩的恐怖奴役，回到以往快樂和滿足之地。曾經失去的天堂再度打開了門，我回到父母親光明的世界，回到姊妹身邊、回到純潔的香味、回到亞伯的虔誠。

和德密安簡短談話後的隔天，當我終於確信自己重獲自由，不必擔憂重蹈罪行時，我做了一件自己期待已久的事──我懺悔了。我走到母親面前，把扣鎖損壞並裝滿籌碼的小撲滿拿給她看。我告訴她我有多長一段時間因自己的錯誤，而受到一個惡徒的糾纏束縛。她不能完全理解這件事，但是看了撲滿，看著我改變了的眼神，聽我變了樣的聲音，她感覺到我痊癒了，我又回到她身邊。

我欣喜自己浪子歸來，重新受到接納。母親帶我到父親那兒，把事情重述一遍。他們不可置信地問了許多問題，不時發出驚嘆，撫摸我的頭，揮別長久以來的沉重心情，鬆了一口氣。一切是如此美好，如同故事的結局一樣，昨日種種都化為完美的和諧。

在這樣的和諧中，再度擁有昔日的和平生活，得到父母的信賴。我成了家中的模範孩子，比以前更常和姊妹們遊戲；祈禱時，帶著得救和重生的心情，唱著親切熟悉的聖歌。我發自內心感到高興，毫不虛偽。

儘管如此，這並非真正的太平！事實上這正是一個關鍵，足以說明為什麼我要把德密安給遺忘。唉，我真該向他懺悔！一個不矯情、不說謊的懺悔。但對我而言，卻是極其困難。目前，我用盡自己身上全部的根，緊緊抓牢昔日這個天堂般的世界，我回來了，也受到仁慈的接納。但是，德密安完全不屬於這個世界，他和它不相配。他雖然和克洛摩不同，但也是一個騙子——同樣把我和另一個邪惡的、不良的世界聯繫在一起，而我永遠也不想和這個世界打交道。我不會附和他，我不會背棄亞伯、讚揚該隱，現在的我就是亞伯。

當時外在的情況是如此。內在的情況是：我從克洛摩和魔鬼的手中掙脫，但並非靠自己的力量和努力。我試著行走這個世界的小徑，然而對我而言它又濕又滑。現在，一隻友善的手拉了我一把，而我頭也不回地奔回母親的懷抱，躲進一個受保護的世界，躲回溫馴童年的安全之地。我把自己裝得更年幼、更依賴、更天真。我必須找一個新的依賴來替代克洛摩，因為我不能單獨生活。於是，我盲目的內心，選擇了依賴父親和母親，依賴我向來喜歡的「光明世界」，雖然我早已知道它並非唯一。我當時不這麼做的話，就必須求助於德密安，向他吐露真言。但我沒有，因為我對他那些奇異的思想感到懷疑。事實上是害怕。我擔心德密安對我的要求，可能遠比我的父母更為嚴厲。他會用鼓勵、警告、嘲笑和諷刺的方式，把我變得更為獨立。啊呀，直到今天我終於瞭解：人生在世最無聊的就是，走在一條由他人引導的自我之路。

然而，事隔大約半年，我還是抗拒不了誘惑，在一次在散步時，問父親有些人宣稱該隱比亞伯好這件事，他有什麼看法。

父親雖然覺得訝異，但向我解釋這種觀點其實一點也不新，甚至在《舊約》時期就出現過，有一些教派宣揚這種說法，其中一個教派還自稱為「該隱派」。他說，這個驚人的理論，只不過是魔鬼試圖摧毀人類信仰罷了。因為大家若相信該隱代表正義、亞伯不正當的話，那人們便會懷疑上帝，覺得《聖經》中的上帝不正確，也不是唯一的，因為祂犯了錯誤。即使「該隱派」真的教授並宣揚類似的論點，這種邪說也早就從人類歷史中消失了。他對我的同學知道這類事感到驚訝，總之，鄭重告誡我不要理會這些想法。

3. 和耶穌一起釘在十字架上的強盜

如果只談論我的童年，談談父母給的安全感，子女對父母的愛，溫和、愉快、光明的環境、輕鬆自在的生活，這會是一個美好、溫馨、可愛的故事。但我真正感興趣的，是生命中，我為了找到自己所做的那些努力。我不是不知道美好時刻、幸福之島和天堂所帶來的魅力，但就讓這一切留在遙遠的光影中，我並不渴望再次踏進去。

因此，只要我的故事還停留在孩童時期，我會想談談自己最初體驗到的新鮮事，那些驅動我前進的事，和那些撕裂我的事。

來自「另一個世界」的動力總是不斷出現，總是帶來恐懼、壓力和愧疚，總是帶有革命性，危及我樂於身處的和平。

我內在有一股原始的慾望。在被許可的和光明的世界中，這個原始慾望必須隱藏起來。和每個人一樣，性慾慢慢覺醒了，它有如敵人、毀滅者、禁忌、誘惑和罪惡般侵襲我。我的好奇心探索的，以及帶給我幻想、喜悅和恐懼的，正是青春期中這個重要的祕密，跟我原有的兒童式恬靜、受呵護的幸福，壓根兒不相容。我當時和大部分的人一樣，早已不再是兒童地過著雙重生活。我的意識活在家中和被允許的世界中，否定這個在我心中逐漸明朗的新境；但在此同時，也偷偷地生活在隱密的夢幻、慾望、渴切中。有意識的生活築起一座搖搖欲墜的橋樑，跨向那個隱密的世界，因為我內心的兒童世界已經倒塌。面對孩子逐漸甦醒的性本能，我的父母幾乎和天下父母親一樣，沒有提供我協助，家人絕口不提這個話題。他們只是以無盡的細心，試圖幫我達成那徒勞無功的努力，那就是否定現實、繼續棲身在虛假的童稚世界中，儘管它已經愈來愈不真實。我不曉得身為父母的是否真能在這方面幫上忙，因此我並不怪他們。我得應付自己內心的問題，尋找自己的路。而和大多數富家子弟一樣，我並沒有好好善盡本分。

每個人都經歷過這段困境，通常也是一個人生命中的關鍵，在這關鍵點上，個人的生命需求和周遭環境產生最激烈的衝突，必須經歷最嚴厲的挑戰，才能找到邁向前方的路。許多人經歷了幻滅與重生，而且一生也只這麼一次。他們發現鍾愛的事物正在遠離，童年逐漸瓦解，人漸漸走向衰老，猛然發現自己身處在一個極端孤獨的冷酷異境。然而，更多人永遠停留在這處絕境上，終其一生痛苦地攀附在無可挽回的過去上，沉緬在失去的樂園——那最糟糕、可怕的夢幻中。

再回到我的故事。那些向我宣告童年結束的知覺和夢幻，並不值得敘述，更重要的是，那個「黑暗的世界」、「另一個世界」再度出現了。從前法蘭茲．克洛摩的行徑，原來也存在我自身當中。顯然「另一個世界」由外在世界獲得權力控制我。

克洛摩事件以後，又過了好幾年。那段充滿戲劇性和罪惡感的日子，離我很遠了，宛如一場短暫的惡夢，已然煙消雲散。法蘭茲．克洛摩早已從我的生命中消失，即使我們再度相遇，我可能也記不得他了。但是，悲劇中的另一位主角，馬克斯．德密安，並未完全離開我的周遭，但很長一段時間，他只是遠遠站在邊緣，儘管明顯，卻對我起不了任何作用。之後，他才又慢慢靠近我，再度發揮他的力量和影響。

我試圖回想自己在那個時期，和德密安的關係究竟如何。我跟他可以有一年甚至更久的時間沒有交談。我迴避他，他也完全不勉強我，例如有一次在路上遇到，他也只是向我點頭招呼。有時候我覺得，他的友善似乎略帶著揶揄的意味，或是諷刺的指責意味，但有可能只是我的想像而已。我和他一起經歷的事件，以及當時他帶給我的奇異影響，彷彿都被遺忘了，我們兩個人都忘了。

如今，我企圖尋找他的身影，每當想起他的時候，就可以看見他出現眼前。我還可以看見當時的自己正在注意他。我看見他去上學，單獨一個人或和其他年長的同學。我還看到他異常孤獨且沉默的樣子，彷彿一顆行星在眾人之間，被一股屬於自己的氣流所包圍，運行在自己的軌道裡。除了他的母親之外，沒有人喜愛他，沒有人跟他親近。就連跟自己的母親相處，他也不像是個孩子，反而像個成人。老師們盡可能不找他麻煩，因為他是個好學生，而他也不想討好任何人。我們不時耳聞一些關於他的消息，像是說了什麼尖刻的話頂撞、批評老師，但那應該是為了回應老師那些無理要求或反諷，他人無可指責。

我閉起雙眼回想，浮現了一幕畫面。這是在哪裡？對，它又出現了。那是在我家門前的街道上。有一天，我看到德密安站在那兒，手裡拿著一本筆記簿。我看見他在畫畫。他正在臨摹我家大門上那個古老的鳥形徽章。我站在窗子旁，躲在窗簾後面看他，深深為那張專注、冷靜、聰明的臉感到吃驚；他的注意力完全在徽章上。這張臉看起來像個男人，或像一個研究者，或像一個藝術家。驕傲全寫在臉上，又充滿意志力，出奇的平靜，眼神閃爍著慧黠的光芒。

後來我又見到他。那是隔沒多久，在路上。放學途中，我們一群人圍觀著一匹跌倒的馬。馬的脖子還套著車軛，躺在一輛農車前面，搧著鼻孔尋覓、喘氣，令人心生不忍。牠身上不知哪兒的傷口正在淌血，連地上也染滿了血，顏色愈來愈深。我感到一陣噁心，轉了頭迴避，這時我看到了德密安的臉。他並未擠到前面來，而是站在人群的最後面，神情自若而且優雅，正如他應有的樣子。他似乎也在望著這匹馬，一貫的沉靜、專注，神情既狂熱又理智。

我不禁凝視他許久，心中生起一股奇特的感覺，只是並不真確。我看著德密安那張不像男孩而像成人的臉；不只看到他的臉，還看到更多東西。我認為我看到或察覺到，那也完全不是一張男人的臉，還有些別的什麼，譬如：女性的特質；又有一刻，我覺得這張臉既不像男性、也不像孩童，既不蒼老、也不年輕，彷彿有千年般古老，已經永恆了的，帶著其他不同於我們的時代的烙印。動物有可能具有這種外貌，或是植物，或是星辰——這些是我長大後才有的說法，當時的我並不清楚，但感覺就是這樣。或許他長得俊秀，或許我喜歡他，或許我也討厭他，這點我無法確定。我只看到：他跟我們不一樣，他像一隻動物，或像一個靈魂，或者像一幅圖畫，我不知道他像什麼，但他就是跟我們不同，難以想像的不同。

當時的記憶已經模糊，也許部分有可能得自後來的印象。

一直到多年後，自己年長一些了，我才跟他有了更進一步的接觸。德密安沒有約定俗成地和同年齡的人一起接受堅信禮。因此，許多傳言捕風捉影隨即滿天飛。同學之間謠傳，他其實是猶太人，又或許不是，更可能是異教徒。也有人說，他和他的母親並沒有宗教信仰，或屬於某種駭人的、不道德的教派。我還聽說，有人懷疑他跟他母親過著如同情人般的生活。種種惴測的結論就是，他從小至今一直沒有接受信仰教育，恐怕危及他的未來。總之，他母親終於決定讓他參加堅信禮，比同年紀的學生還晚了兩年。於是，他開始有幾個月時間和我同一班，上堅信禮的課。

有一段時間我完全逃避他，不想和他有瓜葛，對我來說，他的周遭圍繞太多謠言和祕密了。特別是自從克洛摩那件事之後，我始終懊惱那種受過他恩惠的感覺。此外，當時的我正在為自己的祕密而煩惱；堅信禮課程的同時，也是我經歷性啟蒙的重要階段。儘管我對這堂課抱著高度期待，但是虔誠式的教導，讓我的興致大大減退。牧師一切所言，完全是一種平靜、神聖的理想狀況，離我太遙遠了。那樣的世界，也許非常美好珍貴，卻完全與現實不符，一點兒也不刺激，與我的經驗簡直天壤之別。

如此一來，我在課堂上的態度趨於冷淡，好奇心再度為馬克斯·德密安所挑起。我們之間似乎被某種東西所聯繫。我必須努力找到這條線索。回憶裡，那是一堂清晨的課，天才微微亮，教室裡開著燈。授課牧師講到該隱和亞伯的故事。我毫不專心，昏昏欲睡，幾乎沒在聽。這位牧師提高了聲調，開始告誡起該隱的種種。突然，我感到某種牽動，像是一記提醒，我抬起頭來，正好看見德密安從前面幾排的位子上，回過頭來朝我看。他的眼睛閃閃發光，滿富表情，有輕蔑也有思索。他這一瞥，激起了我的好奇，於是回神仔細聆聽牧師是如何講述該隱和他的記號。我內心有個聲音告訴我，該隱的故事並非如牧師講的那樣，我們可以有另外的解釋，還可以批判它！

這一刻起，德密安和我之間的聯繫再度建立起來了。奇怪的是，這種默契一旦確立，我便看到它如魔法般拉近了我們的距離。我不曉得是否出於德密安的刻意安排，或者純屬巧合，但當時的我堅信那只是巧合。過了幾天，德密安的宗教課座位突然更動了，坐到我的正前方。（我還記得，每天早上擁擠的教室裡，氣味有如貧民窟地令人難受，我多麼喜歡聞到從他脖子上散發出來的肥皂清香！）過了幾天他又調換座位，這一次，他坐在我的旁邊，甚至整個冬天、整個春天，都留在這個位置上。

從此，早晨變得非常不一樣了。我不再昏昏欲睡，覺得無聊，甚至期待。有時候，我們兩人非常專注地聽牧師講課。鄰座的德密安只需一個眼神，就能暗示我留意一段奇特的故事、一句古怪的格言；而另一種眼神、一種相當特別的眼神，則提醒我、激起我的批判和質疑。但是我們多半是扮演壞學生，不專心聽講。德密安對待老師和同學向來彬彬有禮，我從未看過他參與男同學的惡作劇，從未聽過他大聲嘻笑或閒聊，也從未看過他被老師責備。他善於利用暗號和眼神，不發一語，安靜地引領我參與他正在進行的觀察，其中有些還真是特別。

例如，他告訴我他對哪些同學感興趣，以及用何種方式研究他們。他對有些人瞭若指掌。有一次，上課前他對我說：「只要我用大拇指給你一個暗號，某某人就會回頭看我們，或搔搔頸子。」接著的課堂中，我幾乎忘了這件事，直到馬克斯突然打了一個奇怪的手勢，把他的大拇指轉向我，我趕快轉頭看他之前說的那個學生，那人果然做出德密安預測的動作，有如電線通電了一般。我纏著馬克斯，要他拿同樣的方法測試一下宗教課的老師，但是他不肯。不過曾經有一次，我在上課前對他說，我今天沒有預習功課，真希望等一下課堂上不要被點到。這次他幫了我。牧師要學生起來背誦教理，他眼睛掃視了大家一圈，停在我心虛的臉上。他慢慢走過來，手指向我這邊，張口似乎就要叫出我的名字——這時，他突然猶豫了起來，彷彿摸不著頭緒，拉拉自己的衣領，看見德密安堅定的眼神正望著他，一副想要發問的樣子。令人訝異的是，牧師轉身走開了，咳幾下，最後叫了另一個學生起來作答。

這些舉措讓我很開心，可是我也漸漸地察覺到，我的朋友也時常對我進行同樣的把戲。事情是這樣的，上學途中，我突然感覺德密安走在我後面，有一段距離，一轉身，他果真就站在那兒。

「你真的可以想要人做什麼，就讓他做什麼嗎？」我問他。

他顯得樂於回答我的問題，一派成人般的冷靜、客觀。

「不，」他說：「我沒辦法。因為我們沒有自由意志，即使牧師認為我們有。一個人無從得知他要自己做的是什麼，我也無法讓別人想像我要他做的是什麼。但是我們常常可以經由仔細觀察，正確地知道某人的想法或感覺，多半也能預料他下一刻的行為。這相當簡單，只是人們不瞭解罷了。當然這也需要練習。舉個例子來說，有某種夜蛾，牠們的雌性比雄性更罕見。這些夜蛾繁殖後代的方式就跟所有動物一樣，雄性讓雌性受精，然後雌性產卵。自然科學家常常做這個試驗：假設你手邊有一隻這種雌蛾，那麼就會有許多雄蛾在夜裡尋找而來，甚至一飛好幾個小時的路程！你想想看，好幾個鐘頭的路程！這些雄蛾遠在幾公里之外，就能感覺到這個區域唯一一隻雌蛾的存在！人們試著解釋這個現象，但相當困難。原因想必和嗅覺有關，類似優秀的獵犬能夠嗅出難以察覺的足跡，並且一直追蹤下去。你懂嗎？自然界有許多這樣的事，沒有人能夠解釋。但我要說，如果這種夜蛾的雌性和雄性數目一樣多，它們的嗅覺就不可能進化得如此靈敏！這種敏銳的嗅覺是訓練出來的。只要動物或人類把自己全部的意志集中在特定事物，他們就能達到目標。事情就是這樣。你所提的問題正是同樣的道理。你只要仔細觀察一個人夠久，就會比他自己更知道他的事。」

我想講出「讀心術」這個詞，提醒他很久以前有關克洛摩那件事。但是，我們之間有一個很奇特的狀況：那就是絕口不提多年前他大大影響我生命的這件事，我不提，他也不提，彷彿我們之間不曾發生過任何事，或者互相都深信對方已經遺忘了。甚至有一、兩次，我們一起遇見了法蘭茲．克洛摩，但是我和德密安連交換個眼神也沒有，更沒有因此談起他。

「可是，意志究竟是怎麼回事？」我問：「你說人們沒有自由意志。但你又說，我們要將意志堅定地集中在某件事上，然後就可以達到目標。這樣說不通吧！既然我無法控制自己的意志，當然也就無法指揮它。」

他拍拍我的肩膀。每當我令他歡喜的時候，他總是這麼做。

「問得好！」他笑著說：「我們必須經常提問，經常質疑。但是這件事非常簡單。例如，這樣一隻夜蛾如果集中意志力想要飛向一座星辰，或其他地方的話，是行不通的。事實上牠也不會做此嘗試，牠只會尋找對牠有意義、有價值的東西，只會尋找牠需要的、必須擁有的東西。也因為如此，牠才能順利獲致那不可思議的事物——那神奇的經牠發展出來的第六感，除了牠之外，沒有其他動物擁有這種知覺！比起動物，人類擁有更大的空間，具有更強烈的好奇心。不過，相對的，卻也侷限在一個狹隘的圈圈裡，沒辦法超越。我可以天馬行空，幻想我無論如何一定要去北極，或諸如此類的願望，但是除非我非常重視這個願望，除非它確實和我合而為一，我才能帶著堅定意志完成它。只有這種情況，你嘗試著做由你內心發號司令的事情，你便能駕馭你的意志力朝目標前進，猶如駕馭一匹好馬。假使我現在打算讓我們的牧師，以後不要再戴眼鏡的話，那就行不通，因為那只不過是鬧著玩的遊戲罷了。不過，秋天的時候，我抱持堅定的意志，要從前排的座位換開，就進行得很順利。有個長期請病假的學生回來上課，他名字的字母順序排在我前面，這麼一來，就得有人讓座給他，而我當然成了這個讓位者，我的意志早準備好了，馬上抓住這個機會。」

「對啊，」我說：「那時候我也覺得很奇怪。從我們彼此感到興趣的那一刻起，你就坐得離我愈來愈近。這是怎麼回事？一開始，你並沒有馬上坐到我的旁邊來，有幾次先是坐在我前面，不是嗎？你是怎麼辦到？」

「事情是這樣的：當我渴望離開第一個座位時，我自己也不很清楚我要去那兒。我只知道我要坐在很後面。我的願望是坐到你的旁邊去，但自己還沒意識到這點。是你的意志一起加入並幫助了我。當我坐到你前面時，我才想起自己的願望只達成一半——我察覺我渴望的其實是坐在你旁邊。」

「可是當時並沒有新同學進來呀。」

「的確沒有，於是我乾脆就做我想要的事，毫不猶豫地坐到你旁邊去。跟我調換座位的那個男孩只覺得奇怪，但並未阻止我。雖然牧師也發現那邊的座位有異——每回點到我的名字時，便隱約感到困惑，因為他知道我叫德密安，明明名字拼音是「ㄉ」，卻坐在很後面的「ㄒ」排，好像有點不對勁！但是，我的願望跟這個訊息對抗，我一再干擾他去想這件事，因此它沒有傳到他的意識層去。這位好先生啊，他一直感到困惑，看著我，想要找出問題所在。不過，我用了一個簡單的方法：每次都非常堅定地注視他的眼睛。幾乎所有人都難以忍受這種凝視，遇到這種情況，都會變得不安。假如你突如其來堅定地注視某人眼睛，而他卻沒有絲毫惶恐，那就放棄吧！你絕對無法在他身上達成目地，壓根兒也不可能！不過實際上很少如此。我的方法也只對一個人起不了作用。」

「是誰？」我緊接著問。

他瞇起眼睛看我。每當他在沉思就會這樣。然後他移開視線，沒有回答。我雖然非常好奇，卻沒再追問下去。

然而，我想他指的是他的母親。他似乎跟她很親近，卻從未對我提過她的事，也不曾帶我去他家。我幾乎不知道他母親的長相。

我偶爾嘗試著學起德密安，全心意志集中在我必須達成的事情上，一些對我而言很迫切的願望。但始終沒能順利。我也沒勇氣告訴他。我不會對他說我所想望的事，他也不會問我。

這段期間，我的宗教信仰發生了一些問題。我的思考方式完全受到德密安影響，但是又和一些同學的無神論非常不同。班上有些同學偶爾會說，相信神的存在既愚蠢又不符合人性；他們說「三位一體」和「童貞誕生」之類的故事根本無稽、可笑，人們到了今天還在宣揚這種無聊事，簡直豈有此理。對這些說法，我沒辦法認同。雖然我對信仰有懷疑，但整個童年經驗告訴我虔誠生活的真實性，我的父母就是過這樣的生活。我知道它既不丟人、也不虛假。其實我對宗教仍懷有最深的敬意。德密安只是讓我養成習慣，用更自由、更個人、更開放的方式，運用更豐富的想像力，來看待並解釋宗教故事和教義。我總是帶著樂趣傾聽他的建議和詮釋。不過，有些對我而言太過唐突，還是難以理解，譬如該隱的故事就是如此。

有一次上堅信禮，他敘述了一個相當獨特的觀點，我聽了大為吃驚。老師講到各各他[5]和耶穌受難的故事。早在更久以前，這個《聖經》故事就已在我心中留下深刻的印象。童年裡，大概是某個耶穌受難日，聽父親念完這個故事，還是小孩子的我深受感動，沉浸在這個充滿美好又悲傷、蒼白又生氣勃勃的世界當中，在客西馬尼園[6]和各各他。每當聆聽巴哈的《馬太受難曲》，這個神祕世界的苦難光輝，彷彿帶著巨大的敬畏就將淹沒我。今天，在這首曲子中以及《哀悼典儀》（Actus tragicus）清唱劇裡，我發現了所有詩歌和一切藝術的表達典範。

5 各各他：Golgatha，耶穌被釘死之地。
6 客西馬尼園：Gethsemane，耶穌被出賣後度過他最後一夜之地。

那堂課後，德密安若有所思地對我說：「辛克萊，《聖經》中有一些地方我並不喜歡。你讀一讀這個故事，並自己檢驗它，那兩個跟耶穌基督一起釘在十字架上的強盜的事，簡直無聊透頂。三座十字架並排立在山丘上，多麼壯觀啊！最後卻演變成正直強盜的受難記，通篇多愁善感！這個強盜先前是個罪犯，天曉得他犯了什麼滔天大罪，而現在他卻軟化了，內心充滿悔恨，表演起賺人熱淚的浪子回頭。我問你，這種臨死前的悔恨有何意義？充其量又是一個如假包換的神話，感傷且不實，充滿濫情，目的是為了教導人虔誠。假如今天你必須從這兩個強盜中選一個人當朋友的話，你想，你比較信任哪一個人？答案十分肯定，一定不會是這個哭哭啼啼的皈依者。不，而是另一個人，他是個漢子，有個性。他唾棄信奉基督教，因為就當時的處境而言，這個信仰只不過是美麗的謊言，他走自己的路，始終如一，即使在生命結束的最後一刻，也未怯懦地宣布與魔鬼脫離關係，想必這個魔鬼直到那時都還在幫著他。這個強盜剛性不阿，然而，頑強的人在《聖經》故事中通常很吃虧。說不定他也是該隱的後代。你不覺得嗎？」

我感到非常震驚。長久以來，我對耶穌被釘死在十字架上的故事深信不疑，現在我才發現，我對它的認識多麼缺乏主見，沒有想像力。但是，德密安的新觀點聽起來也很糟糕，似乎企圖顛覆我內心所有的概念；我認為，我們必須堅持這個故事繼續存在。不，我們不能如此對待每個人，甚至最神聖的人也一樣。

如同往常一樣，我還沒開口，他立即察覺到我的反抗。

「我知道，」他讓了步說：「這是古老的故事，不要過於當真！但是我要告訴你：這表示這個宗教明顯有著缺陷的地方，這便是其中之一。這位《新約》和《舊約》中的完美上帝，形象超凡入聖，卻並非他實際的表現。他良善、崇高、慈愛、美好，甚至高貴、多愁善感——這些都對！可是組成這個世界的其他東西，全被歸類於惡魔，世界的這個部分，整整半個世界卻被忽略、受到壓抑。人們絕口不提另半個世界如何讚揚上帝為生命之父，還極盡所能地把它解釋成魔鬼和邪靈，如同男女之間孕育生命的性生活，也受到同樣待遇！我不反對大家敬愛耶和華上帝，一點也不。但我覺得，我們應該尊敬並珍惜整個世界，而不是只重視人們刻意彰顯的這一半！所以，我們除了對上帝進行膜拜之外，也要對魔鬼致意。我認為這樣才正確。或者，我們必須塑造一個包含魔鬼在內的上帝，這麼一來，當世間最自然的事情發生時，就不必假裝視而不見。」

他反常地變得有些激動，但隨即又露出微笑，不再繼續逼問我。

但是，德密安道破了我孩童以來的困惑，這個困惑無時無刻不跟隨著我，只是我從未對他人透露。德密安所指的上帝和惡魔、普世認同的神聖世界和禁錮的魔鬼世界，與我的想法不謀而合；他的說法完全契合我自己創造出來的神話，正好符合我那「兩個世界」的觀念——一個是光明的世界，一個是黑暗的世界。我彷彿受到神聖的天啟，原來我的問題是所有人的問題、一切生命和思想的問題；我恍然大悟，原來我個人的生命和想法，竟然已深刻地參與了偉大思想的永恆巨流，不由得升起一股恐懼和敬畏。這份理解證實了我的困惑，卻沒有為我帶來喜悅，相反地，它激烈且嚴酷，因為它意味著責任，表示我不再是孩子，必須獨立而行。

這是我有生以來，第一次向人揭露埋藏心底深處的祕密，我把自從童年時期即有的「兩個世界」看法告訴德密安。他立即發現我最深層的感覺呼應了他的意見，贊同他的觀點。但是，乘勝追擊並非他的作風。相反的，他比以往更加專心地傾聽，凝視我的眼睛，迫使我不得不移開我的目光，因為在他的眼神中，我再度看見那動物般看不出年齡的永恆，那不可思議的、超越時間的古老。

「我們下一次再多聊聊吧。」他委婉地說：「看得出來，你內心想的比你願意說的還多。真是如此的話，你應該知道你的生活跟你的想法並不一致，這不好，思想只有在付諸於生活中實行，才有價值。你已經知道你的『被允許的世界』只不過是世界的一半，你也嘗試著隱瞞另一半的世界，正如牧師和老師們的作法一樣。你瞞不了多久的！人一旦開始這麼思考，就無法對此避而不談。」

這些話深深刺痛了我。

「可是，」我幾乎尖叫了起來：「世界上的確存在醜惡和禁忌的事物，這點你不能否認吧！因為它們不被世人所允許，所以我們一定要棄絕它們。我知道世上有謀殺和各種不道德的行為，但只因為它們存在，我就應該效法，成為罪犯嗎？」

「我們今天沒辦法談完這件事。」馬克斯勸慰地說：「你當然不能去謀殺或強姦女孩，我的意思不是如此。但是，你還未到達能夠理解『被允許的』和『被禁止的』真正意義的境地，你才開始感受到一點點真理而已，其他的還在後面，你等著吧！比如說，大約一年前，你已經有了性慾，它比其他一切來得強烈，而且被視為『被禁止的』。相反地，希臘人和其他許多民族把這種性慾賦予神性，在重大節日敬拜它。所以，『被禁止的』並非永恆，它也可以改變。而今天，一個男人和一個女人只要到牧師面前，完成了結婚儀式，他們便可同房。這在其他民族可並非如此，即使到了今天還是。因此，每個人都必須為自己找出被允許的和被禁止的事物——找出對他而言是禁止的事物。從來沒有人會因為做了一些被禁止的事，就因此成為大惡棍。反之亦然。說穿了，不過是個懶惰的問題罷了！有些人疏於思考，懶得為自己的行為把關，只求不違反別人規定的禁令就行了，因為這樣他可以過得很輕鬆。

還有些人心目中自有一套法則，有些事，雖然正經體面的人天天都在做，但對他們來說卻是禁止的；另外一些事，對他們來說是允許的，卻常常為一般人所厭惡。每個人都必須獨立思考，為自己所為負責。」

突然間他似乎後悔自己說了太多話，於是停了下來。我理解他這時候的感受。儘管他的態度還是一貫的自在，一派輕鬆地道出他的想法，但是，如同他曾經提過的，他無法忍受那種為了說話而說話的對談。他對我的事，除了純粹好奇之外，還有太多理性激辯和閒聊的玩樂成分，或諸如此類；總之，缺乏認真的參與感。

當我再次讀到這句我寫下的——「認真的參與感」，突然想起一幅畫面，那是我和馬克斯．德密安還是半個小孩時，所經歷過最難忘的一刻。

我們接受堅信禮的日子即將來臨，最後幾堂宗教課的主題是「最後的晚餐」。牧師認為這個故事很重要，費了許多心思在上面，我們在課堂中也感受到某種嚴肅的氣氛。偏偏在這幾堂指導課中，我的心思都放在其他地方，而且是跟我的朋友有關。堅信禮代表我們正式受到教會接納，在迎接這天的同時，內心的一個想法，也不容我否定：這半年來的宗教課程對我來說，真正的收穫不在於課堂上學到的東西，而是我和德密安拉近了距離，以及他對我的影響。我準備好被接納的地方不是教堂，而是一個全然不同的領域；我準備好進入思想和人格的教團，這個教團一定存在人間，而我認為我的朋友正是它的代言人和使者。

我試圖抑制這些想法。我認真地看待堅信禮，不管怎樣，一定要以莊重的態度參加這個慶祝儀式，儘管和我的新想法格格不入。然而，想法既出，便一直盤據心頭，而且漸漸把我和即將來臨的慶祝儀式聯結起來。我準備在典禮上不同於其他人，以代表我受到一個思想領域的接納，而這些認知全拜德密安所賜。

那段日子裡，某天同樣是在上課前，我跟他熱烈辯論。我的朋友意興闌珊，他不喜歡我故作早熟和妄自尊大的談論。

「我們講太多了。」他用非常嚴肅的口吻說：「機巧的談論根本沒有價值，一點意義也沒有。這種談論只會讓我們遠離自己。遠離自己是一種罪過。我們必須完全在自身當中爬行，就像一隻烏龜一樣。」

說著，我們走進了學校大廳。上課時，我用心聽講，德密安也沒有打擾我。過了一會兒，我依稀感到旁邊他的座位有些奇怪，彷彿一種空虛、荒涼，那個座位好像突然空了。這股感覺就要令人窒息時，我忍不住轉過頭去看看。

我看到我的朋友還坐在那裡，和往常一樣直挺挺地坐著，姿勢良好。然而，他看起來就是跟平常完全不同，身上有某些東西離開了，又有某些東西圍繞著他，我並不認識這些東西。原以為他閉上眼睛，卻發現他的眼睛是張開的，只是目光空洞，呈現呆滯的狀態，他似乎正在注視自己的內心深處，或是正在凝望遙遠的某個地方。他幾乎完全趨於靜止，連呼吸都沒了，嘴巴好像木頭或石頭雕成的。他的臉孔蒼白，勻整得有如石面，唯有棕色頭髮還有著生意。他的雙手放在面前，整個人一動也不動，有如物件、石頭或水果，蒼白且靜止，但一點也不柔弱，而是像一個堅強、隱密的生命，包裹著堅固、完整的外殼。

這幅景象，令我不寒而慄。他死了！我心想，幾乎要大聲喊出來。但我知道他並沒有死。我著了迷一般凝視著他的臉，看這個蒼白、沒有表情的面具，我感覺到：這才是德密安！平常跟我走在一起、和我講話的他，只不過是半個德密安罷了，那是他生活中偶爾扮演的順應他人、討人歡喜的角色罷了。真正的德密安應該是這個樣子，沒有表情、古老、像動物、像石頭、美麗而冷酷、像死去、充滿難以探究的生命祕密。圍繞他周遭的，是一片寂靜的空虛，是蒼穹和宇宙，是孤獨的死亡！

這一刻，他完全進入自己的內心世界，讓我驚恐，前所未有的感到孤獨，因為我不能參與他；他變得遙不可及，無可丈量的遙遠，彷彿世界最遙遠的一座島嶼。

我有些懷疑，為什麼除了我之外，沒有人看到這一幕！大家應該看看他才對，大家應該同感戰慄驚恐才對！可是沒有人注意他。他有如一幅肖像般坐在那裡，而且，我必須承認，他就像雕像一般僵硬。有一隻蒼蠅停在他的額頭上，慢慢爬過鼻子和嘴唇，然後飛走——他仍然不為所動。

他現在到底在哪裡？他在想什麼、有什麼感覺？他在天上嗎？在地獄嗎？

我無法問他這些事。下了課，我看到他再度復活，恢復呼吸，當他的眼神和我相遇，他又和從前一模一樣了。他從哪裡來的？他剛剛去了哪裡？他看起來很疲累。他的臉再度恢復血色，雙手又動了起來，反而那頭棕色頭髮卻變得黯然無光，宛如已經精疲力盡。

接下來的幾天，我多次在臥房裡嘗試一個新的練習。我筆直地坐在椅子上，目光放空，讓自己保持靜止不動，等待著，看看我能持續這種狀態多久，在此當中的感受又是什麼。然而，最後只有疲倦，眼皮癢得受不了。

不久便是堅信禮，我對它沒什麼特別的記憶。

堅信禮過後，一切都變了。我的童年世界已成廢墟。父母親看我的眼光顯得有些尷尬，姊妹們變得很陌生。一種醒悟削弱了我原本熟悉的感覺和樂趣，愈來愈淡薄，花園沒有了香味，森林不再具有吸引力。我的周遭就像一場舊物大拍賣，貧瘠乏味，書籍不過是一堆紙，音樂只是一種噪音。一切如同秋天來臨，樹葉紛紛飄落，但樹卻感受不到落葉，感受不到雨水，感受不到陽光照下來，感受不到霜雪降落身上。它內心的生命，正緩緩地把自己縮進最狹隘、最深處的地方。它並沒有死。它在等待。

家人安排好假期一結束，就把我送進另一所學校。這將是我生平第一次離家。有時候，母親會對我特別的慈愛，似乎在預先向我道別。她費心盡力想把愛、鄉愁以及難忘的點點滴滴，如施咒般傳入我的心裡。這時候，德密安已經離開這個城鎮。我感到孤單。

4. 碧翠絲

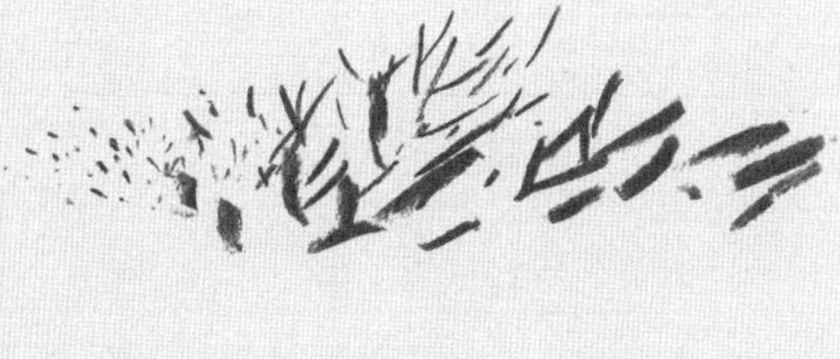

到了假期尾聲，沒能再見到我的朋友，我就出發到Ｓｔ城就學了。我父母陪我一起前去，他們極其細心地把我託付給高級文科中學的一位老師，讓我接受男子寄宿學校的監護。他們日後要是知道了把我送進什麼樣的地方，絕對嚇得目瞪口呆。

我未來究竟會成為一個好兒子和好國民，或者順著本性引導我走向其他道路？這個問題似乎一直都存在。我試著在家庭和聖靈的庇蔭下快樂地生活，這個最後的努力持續了很久，有時眼看著就要辦到了，到頭來卻還是失敗。

堅信禮後的假期裡，我首度空前地感到空虛和孤獨，而且久久不散。（啊，這份空虛、這股淒清的氛圍，後來我是那麼熟悉它們！）離家，出奇的順利，我甚至該為自己毫無感傷感到羞愧。姊妹們不論如何，只管著哭泣，而我卻哭不出來。我非常驚訝。我向來情感豐富，也相當乖巧，現在卻完全走了樣。我漠不關心地面對外界，終日只顧諦聽內心河流的聲響，這條禁忌的、黑暗的河流在暗地裡澎湃奔騰。

我長得很快，才半年的時間，就成了瘦削的高個兒，生澀地面對這個世界。我完全失去了男孩應有的活力，自覺沒人會愛我，連我都不愛自己。我時常強烈地思念馬克斯・德密安，但是也常常恨他。我怪他讓我的生命變得貧乏，這種貧乏有如難纏的疾病，不停折磨著我。

寄宿學校裡，一開始我就不受同學歡迎，也得不到重視。大家先是愚弄我，後來不跟我來往，他們視我為討厭的怪物，鬼鬼祟祟。我倒喜歡這個角色，甚至誇張地扮演它，把自己孤立起來。表面上，我總是一副男子氣概、一副桀驁不遜的樣子，暗地裡卻備受絕望和憂鬱的折磨。這所學校的課程進度比我以前的班級落後了些，因此憑著之前的所知就足可應付。我瞧不起班上同年的同學，把他們當小孩子看待。就這樣過了一年多，最初學校幾次放假，回到家裡，也沒什麼新鮮事；再度離家回到學校，反而讓我覺得很高興。

那是十一月初。我習慣在這種天氣下散步一小段路，一面沉浸在自己的思緒裡。一路上，我時常感到莫大的快樂，一種充滿憂傷、鄙棄世界和自我的痛快。有天傍晚起了濃霧，空氣裡濕漉漉的，我閒逛到城裡附近，公園裡的林蔭道上空無一人。路面覆滿了落葉，我帶著陰鬱的亢奮，用腳翻踢著。四周瀰漫著潮濕且苦澀的氣味，遠處的樹林有如巨大的幽靈，依稀從霧中向我步步逼近。

我猶豫著駐足在路的底端，凝視那些黑暗的樹葉，貪婪地呼吸著濕潤的凋零氣味，它彷彿在回答、撫慰我的心靈。啊，生命嚐起來何等的淡而無味！

有個裹著圓領斗篷的人走來，衣裾隨風飄動起來。我正想繼續往前走，突然被他叫住。

「你好，辛克萊！」

那人走近來。是阿豐司．貝克（Alfons Beck），寄宿學校裡年紀最大的學生。他常常嘲諷我跟其他年紀小的學生，一副老大的姿態，雖然如此，我還是喜歡看到他，對他也沒什麼成見。同學們說他強壯得像一頭熊，連舍監也拿他沒辦法，是許多謠傳裡的英雄。

「你在這裡做什麼？」他親切地說，但仍免不了紆尊降貴的語氣。「我們來打賭好了，你在作詩？」

「我不作詩。」我沒好氣地回答。

他大笑一聲，索性走近和我閒聊起來。我很不習慣。

「辛克萊，你別怕我不瞭解你。通常我們會晚上在霧裡散步，一定是有什麼事，不然就是滿懷秋思，想要作詩，這點我很清楚。詩的主題莫不關於凋零的大自然，當然啦，還有消逝的青春。瞧瞧海涅[7]就是。」

「我沒那麼多愁善感。」我反駁地說。

「好吧，我們不談這個！不過，在我看來這種天氣倒是挺好的，我們可以找個安靜的地方，坐下來喝杯酒之類的。你有興趣嗎？我正好沒有伴。還是你不想一起去？親愛的老弟，萬一你是個乖寶寶的話，我可不想當帶壞你的人。」

過一會兒，我們便坐在郊區的一間小酒館裡，互斟著品質可疑的酒，拿起粗糙的酒杯乾杯。一開始我並不喜歡這樣，但至少是件新鮮事。漸漸地，我因為不諳酒性，變得多話了起

7 海涅：Heinrich Heine, 1797 - 1856，德國詩人，著有《情歌詩集》（Buch der Lieder, 1827）、《德意志——冬天的童話》（Deutschland. Ein Wintermärchen, 1844）等作品。

來，就像內心被打開了一扇窗，照見了整個世界。有多久了，不曾如此暢所欲言！我儘管胡言亂語，甚至講了該隱和亞伯的故事以助興！

貝克似乎聽得很愉快。終於有人可以聆聽我說話！他拍拍我的肩膀，說我是條好漢。長期以來想要傾訴的渴望，終於得以宣洩；尤其是受到年長同學的認同，簡直讓我欣喜若狂。他稱我是天才小子，這幾個字當下有如醇美的烈酒，流進我的心靈。世界綻放了新的色彩，我的思想有如活水流竄。我們談論著學校的老師和同學，彼此似乎相當瞭解對方。我們還談到希臘人和異教徒。貝克要我供出自己的風流韻事。這點我無法奉陪。我沒有這類經歷，根本無話可說。至於內心那些感受、虛構、幻想等種種，亟欲我吐露出來，只是酒始終沒有融化我，讓我找到字詞來表達它們。

貝克知道許許多多有關女孩的事，我就像聽童話般聽得如癡如醉。對我來說簡直聞所未聞。原來我深信不可能的事情，竟然就發生在平凡的現實中，而且看似理所當然。阿豐司・貝克約莫十八歲，但已經驗豐富，頗諳此道。他還說，女孩很麻煩，她們要的不過是阿諛和取悅，這當然沒什麼不對，不過不合他的味。他覺得女人反而比較乾脆，女人也聰明得多，例如文具店老闆雅格特（Jagget）太太，一向能言善道，至於她在櫃檯後面發生的一切，可就一言難盡了。

我聽得入迷，混身醺醺然。當然，我絕不是對雅格特太太有興趣，純粹只為了這些事太匪夷所思了。而對年長的同學來說，它們竟然就如泉水般源源不絕，輕易就可以達成，我卻是做夢也沒想過。說著說著，我們的對談內容似乎有些變調，比我想像的愛情更淡薄、更乏味。但，這畢竟是現實，是生命，也是冒險。我身旁這位身經百戰的人，對他而言，可就再自然不過了。

話題的高潮終於退去，讓我有些悵然若失。我不再是他口中的天才小子，眼前的我又縮小成一個傾聽男人說話的小男孩。但是，比起過去幾個月的日子，這還是新鮮好玩多了，如置天堂般美妙。此外，我這才意識到，打從上酒館到閒聊的內容，也全都是嚴厲禁止的。總而言之，整個過程中，我嚐到了叛逆的滋味。

那個夜晚我記得非常清晰。濕冷的夜裡，昏暗的煤氣路燈下，我們穿越街道，走回宿舍。我生平第一次喝醉酒。酒醉並不好玩，讓人極為痛苦，然而它蘊含某些成分，充滿甜美的魅力，既是反叛和瘋狂，也是生命和靈魂。貝克咒罵我是個十足的土包子，卻盡責地又撐又扶把我帶回去，順利讓兩人穿過院子一扇敞開的窗戶，進到屋內。

但是，短暫的昏睡後，我痛苦得醒來，一清醒，巨大的疼痛又隨之而來。我起身坐在床上，身上還是白天的襯衫，衣服和鞋子散落一地，發出菸草和嘔吐物的味道。我感到頭痛、噁心和強烈的口渴，眼前浮現一幅久違了的景象，我看到家鄉和我家房子，看見父母親和姊妹們；看到家裡的花園和安詳的房間；看到學校和市集廣場，看到德密安和堅信禮課堂——如此光明、美好、神聖、純潔。我恍然大悟，直到昨天、直到幾小時之前，這一切都還屬於我、等待著我，但就是現在，它們崩落了。因為我受到詛咒，不能再擁有它們；它們將我驅逐，鄙視我！打從最早、最美好的童年，父母的愛和擁抱、母親的每一個親吻、每一個聖誕節、每一個虔誠光明的週日早晨、花園裡的每朵花——一切全都毀了，一切都被我踐踏在腳底下，被我毀壞！假如就此我被判定為人渣、瀆神的敗類，將我逮捕，把我判處絞刑，我也毫無異議。我樂於伏法，因為這是正確的。

我確實是這麼想的！我的生命沒有目標，我鄙視這個世界！我傲慢自大、和德密安同樣思想！我儼然就是個人渣、一個骯髒的下流胚子、酗酒的酒鬼；我污穢不潔，令人厭惡，一頭粗暴的野獸，被可憎的慾望所擊倒！那個來自純潔、光明、優美的園地，曾經喜愛巴哈的音樂，曾經受到美麗詩篇感動的我，現在是這個樣子！我感到嫌惡和憤怒，一面聽著自己充滿醉意，間或爆發出來的愚蠢笑聲。這就是我！

儘管如此，我視這些折磨幾近一種享受。好長一段時間，我冷漠而盲目地踽踽獨行；我的心沉默、怯弱地退縮在角落；種種恐懼、可憎的感覺，反倒安慰了我，因為至少它是感覺，至少它還有火花，至少它牽動了心！一片愁苦中，我感到迷惘，又感到一股有如解放、有如春天的味道！

從外表上看來，我整個人正在向下沉淪。不久，酒醉已經變成稀鬆平常的事。學校裡喝酒鬧事的學生並不少，其中我是最年輕的一個，而且我很快就揮別這種拖油瓶的孩童角色，成了帶頭起鬨的人，酒館裡惡名昭彰、膽大妄為的奧客。我再度屬於黑暗的世界，躋身魔鬼之林，甚至是箇中翹楚。

但是，我深深感到悲哀。我生活在毀滅性的放縱當中。儘管同伴視我為首領，把我看成一條好漢，覺得我果敢又有趣，但我的內心卻充滿憂鬱。記得有個星期天早晨，我走出酒館，看見一群在路邊嬉戲的孩子，梳著整齊的頭髮，穿著正式，那一幅光明快樂的畫面，竟然讓我流下淚來。我和同黨坐在低劣酒館的骯髒桌子之間，笑鬧中，我總是用一些他們聞所未聞的譏諷娛樂他們，聽得他們瞠目結舌；事實上，天曉得，我對那些我鄙夷的事物始終懷抱敬意。我的心，跪在我的靈魂、我的過去、我的母親之前哭泣，跪在上帝之前哭泣。

我從未真正融入同伴之中。置身他們當中，我卻依然孤獨，並因此更為痛苦。我是酒館英雄，順應低級的品味，極盡嘲諷之能事，以展現我的機智；高談闊論老師、學校、父母、教堂的事，藉此表現勇氣。我也不惜講講猥褻的事。不過，當真同伴去找女孩時，我從未一起跟去。我必須裝作喜歡這類話題，假扮冷漠世故的樣子，這讓我愈發孤獨。其實我強烈地渴望愛情，幾近絕望的渴望。每當看到城裡的年輕少女走過面前，一個個純潔、漂亮，明亮且優雅，宛如完美無瑕的夢，相對於我，她們好一千倍。有一陣子，我也不敢再去雅格特太太的文具店，因為我想到阿豐司・貝克講過的事，讓我一看到她就會臉紅。

愈是明白自己在新夥伴裡的孤單與扞格，就愈難脫離他們。我再也不清楚究竟酗酒和吹牛是否曾經為我帶來樂趣。再說，我始終不習慣喝酒，每次酒後都會感到不舒服。一切就有如一種制約。我不得不做，否則，完全不知道自己該做什麼。我擔心自己長久的孤單，害怕許許多多溫柔、隱密的慾望來襲，雖然我很喜歡這些感覺，卻也為心中屢屢浮現愛情夢幻徬徨不安。

我需要一個朋友。有幾個同學還不討厭，但他們都是乖乖牌，而我的惡習早就不是什麼祕密。他們迴避我。大家都覺得我處境堪慮，無可救藥，把我當成浪蕩子。關於我的種種，老師們也知道得一清二楚，幾次嚴厲處罰過我，眼前就等我最後被退學。我知道自己早就不是好學生了，只是一拖再拖地逃避現實，費勁吃力地拖著。

上帝藉由各種途徑使人變得孤獨，好讓我們可以走向自己。祂在我身上用的就是這種方式。一場惡夢。透過穢物和垃圾、碎裂的酒杯、無聊的夜晚，我看到自己宛如一個著了魔的夢遊者，永無止境地爬行在一條醜陋且骯髒的道路上，痛苦不堪。世上也有這樣的夢，在這些夢中，人們在出發尋覓公主的路上，受困在充滿臭味和髒污的糞坑及後巷中。我就是如此。一身狼狽之下，註定孤獨。天堂之門在我和童年之間緊閉起來，由冷酷無情的守衛守護。它是一個開始，一種嚮往自己內在的覺醒。

父親收到學校的警告信，趕了過來。他從未這麼突然出現在我面前，因此讓我吃了一驚，不禁抽搐起來。不過那年冬天，父親再度來到學校，我就一副無所謂的樣子，任憑他責罵、請求、提醒我想想我的母親。最後，父親憤怒地說，假如我再不知悔改，他就讓我面對退學的羞辱，把我送進感化院去。我希望他這麼做！他離開的時候，我為他感到難過，除此之外，他什麼也沒達成，因為他找不到跟我溝通的方式。有時候我甚至覺得他活該。

我已經不在乎自己會變成什麼樣子。我以新奇卻惹人討厭的態度、以上酒館和浮誇的方式，跟這個世界對峙，這是我的抗議。與此同時，我毀了自己。我的認知大抵是，當世界不需要像我這種人時，當世界無法提供我們這種人更好的位置、更崇高的任務時，那麼，這些跟我一樣的人將會走向毀滅。這將會是世界的損失！

那一年的聖誕假期相當不愉快。母親一見到我，顯然嚇了一跳。我又長高了，瘦削的臉龐毫無血色，顯得憔悴，帶著鬆弛的面容和黑眼圈。我剛長出來的一撮小鬍子，和新近配戴的眼鏡，都讓她感到陌生。姊妹們怯怯地打量我，偷偷竊笑。一切都讓人不舒服。跟父親在他書房裡談得很不愉快，和幾位親戚的寒暄非常不自在，聖誕夜尤其令人痛苦。自從小時候開始，這一向就是家裡最重要的節日，一個充滿歡樂、愛和感恩的時刻，父母和子女的關係藉此重新修好。然而，這一次盡是沉悶和尷尬。父親一如往常，誦讀野地牧羊人的那篇福音，「牧羊人在那裡放牧他們的羊群」，姊妹們也一如往常，歡喜地站在放著她們禮物的桌子前。可是，父親的聲音聽起來並不快樂，神情顯得蒼老而且拘束，母親則是悲傷。禮物和祝福、福音和聖誕樹，對我而言都變了樣。香甜的蜂蜜薑餅，濃濃地散發著美好的回憶；聖誕樹芬芳的氣息，訴說著過往。然而，我一心期望這個夜晚和這個假期趕快結束。

一整個冬天家裡都持續著這種氣氛。不久之前，我才接獲教師委員會的強烈警告，威脅要把我退學。事情不會再拖多久了。算了，他們愛怎麼做，就怎麼做吧。這期間，我只對馬克斯·德密安特別惱怒。我一直沒再見到他。剛到St城讀書的時候，曾經寫了兩封信給他，卻沒有任何回音。因此，放了假，我故意不去找他。

早春降臨，荊棘樹籬開始變綠，我在去年秋天遇見阿豐司·貝克的那個公園裡，發現了一個女孩。當時我獨自漫步著，腦袋裡裝滿了苦惱的想法和憂慮。我的健康變差了，而且經常生活拮据，欠了同學錢，必須不斷捏造一些必要的支出，向家裡再拿些錢。我還向許多店家賒帳，無非是買香菸之類的東西。在事情爆發之前，如果能結束這一切，譬如去跳河自殺，或被送進感化院，我就不用再煩惱這些瑣事了。然而，眼前我依舊不停為這些瑣事煩惱，受它折磨。

那樣的春日，我在公園裡遇見一位年輕女孩，深深為她所吸引。她身材修長，穿著高雅，有一張聰明且孩子氣的面孔。我一眼就喜歡上她，她是我欣賞的類型，讓我開始產生幻想。她應該不會比我年長很多，卻顯得成熟多了，舉止高雅，體態優美，算得上是個女人了，唯有臉上仍帶著些許的狂妄和稚氣，正是我極其喜歡的地方。

接近自己喜愛的女孩，我從來沒有成功，自然也無法順利認識這位女孩。不過，她帶給我前所未有的深刻印象，甚至讓這次愛戀深深影響了我的生命。

突然，我的眼前浮現一幅圖畫，一幅崇高且珍貴的圖畫。啊，我內心的渴求，從未強烈得像這一刻我對她的崇敬和愛慕！我為這位女孩取名碧翠絲（Beatrice），我不需要讀過但丁[8]，就從一幅英國人的繪畫認識了她，還收藏了一張它的複製品。那幅畫是拉斐爾前派的畫家畫的一位少女，女孩四肢修長，頭形也是長的，雙手和容貌皆散發著靈性。我的那一位

---

[8] 但丁在九歲時，瘋狂愛上碧翠絲，並為她寫下《新生》（Vita Nuova）。

漂亮的少女，雖然也有我喜愛的這種纖細和純真，臉上流露的氣質同樣超凡脫俗，但跟畫中的女孩並不完全一樣。

我和碧翠絲從未交談過一句話，然而她卻對當時的我發揮了重大的作用。她的身影浮現我眼前，她為我開啟一處聖地，她讓我成了一個朝聖者。我很快地遠離了狂飲濫醉的生活，夜裡不再四處閒蕩。我又可以獨自生活了，又重拾書本，又喜歡散步了。

突然的轉變讓我飽受揶揄。但是，現在我有了愛慕和崇拜的對象，我再度擁有夢想，生命再度充滿想像，充滿色彩，充滿神祕的靈感——讓我完成無視其他存在。我揮別酒館，回到自己，雖然只是成為愛慕對象的奴隸和僕人。

每每回想那時候，我的內心無法不感動。我費盡心思，努力從坍塌的生命廢墟中，重新為自己建立一個「光明世界」，全心全意生活在這唯一的期待中，企圖擺脫身上的黑暗和邪惡，只求停留在光亮當中，跪倒在眾神面前。這一片「光明世界」，是我依照自身的想望打造而成，它不再是逃回母親的懷抱，不再是不負責任的安全感；它肩負著嶄新的任務，我自己創造出來的任務，意味著責任和自我要求。折磨我，讓我一再逃躲的性慾，此時應該也在神靈和祈禱的聖火中淨化了。我的生命再也沒有陰森曖昧，沒有醜陋邪惡，也不會再有悲嘆的夜晚；猥褻的圖畫不會再讓我的心撲撲跳個不停，我不再去偷聽禁忌的事物，不再有淫蕩的思想。我用碧翠絲的身影布置我的聖壇，讓它取代一切。我把自己奉獻給她，也把自己獻給了心靈和眾神。我從惡魔手中奪回自己，然後奉獻給光明。我的目標不在於慾望的滿足，而是純潔；我要的是美和智慧，而非幸運。

這份對碧翠絲的狂熱，完全改變了我的生活。昨天，我還是個早熟的浪蕩子，今天，卻成了教堂的信眾，秉持成為聖徒的目標。我不僅告別了習以為常的糜爛生活，還試圖改變一切，嘗試著把純潔、高貴和尊嚴注入日常的每一個層面。我想到了自己的飲食、言語和穿著。我開始在早晨做冷水浴，起初真的不容易，必須強迫自己才辦得到。我的態度變得嚴謹起來，穿著正派，腳步放慢，顯露莊重的樣子。旁人眼裡可能很奇怪，但是對我來說，這都是發自內心崇拜的儀式。

為了實踐新想法的新作為當中，有一項對我很重要。我開始畫畫。繪畫的動機，是因為我的碧翠絲和那個英國畫家畫的女孩不像。我想試著自己畫她。在全新的喜悅和希望鼓舞下，我買了漂亮的紙張、顏料和畫筆。我剛分配到一間自己的房間，便把買來的東西全帶進房間裡，調色板、玻璃杯、瓷碟、鉛筆擺放就位。眼前精緻的蛋彩畫顏料，漂亮得叫我心醉神迷。其中一種氧化鉻綠，閃閃發光，至今我還依稀記得，第一次看到它在白色小碟子上發光的樣子。

我小心翼翼地開始提筆作畫。畫人像並不容易，於是我先從其他東西著手。我畫了裝飾物、花朵，還有小幅的風景畫：小教堂旁的一棵樹、一座羅馬式的橋，橋上有柏樹。這樣的繪畫有如遊戲，常常讓我沉醉其中，像孩子般快樂地玩起顏料盒。最後，我終於動手畫碧翠絲。

一開始的幾幅畫得相當失敗，我把它們扔掉。愈是努力想像那個女孩的臉，就愈畫不成。我最後只好放棄，轉而任憑顏料和畫筆激起的想像所引導。結果，我畫出來的是一張夢幻的臉，我並不滿意。不過我不放棄，繼續嘗試。漸漸地，很明顯的，一幅幅新畫離我的理想愈來愈接近，即使它跟真實仍有很大的差距。

我已經習慣了拿著夢想的畫筆，隨興畫出線條，填滿畫面。不需要任何臨摹，純粹遊戲式的摸索，由下意識中畫出來。有一天，幾乎是不知不覺的情況下，我終於完成一張最吸引人的臉。不是那個女孩的臉，我畫的早就不是她了。這是其他的某種東西，並不真實，但絲毫不減它的價值。這張臉看起來不像是個女孩，反而更像少年，頭髮不是我那位美麗少女的淡黃色，而是帶點紅的棕色。整張畫顯得有點僵硬，宛如畫的是個面具似的，令人印象深刻，充滿神祕的生命。

當我坐在這幅完成的圖畫面前，心底升起一種奇怪的感覺。我覺得它很像一尊神像，或是一個神聖的面具，一半是男，一半是女，沒有年齡。它顯得意志堅強，又同時充滿幻想，看似呆板固執，卻又生氣蓬勃。這張臉對我很重要，它屬於我，也在要求我。它很像某個人，但我說不出來像誰。

這幅畫一直佔據了我的思考，參與了我的生活。我把它藏在一個抽屜裡，不讓人發現，拿來嘲笑我。但是，一旦房裡只剩下我一個人，我就會把畫拿出來，和它相處。夜裡，我把它釘在床對面的那面牆上，看著它直到入睡；每天早上一睜開眼，就可以看見它。

這段時間，我又開始多夢起來，就像孩提時候常常做夢一樣。我覺得已經好幾年沒作夢了，現在夢又重新回來。不過夢境有了新的情景，這幅畫像也時常出現在其中。它在夢中似乎有了生命，會說話，時而跟我友好，時而跟我敵對，時而扮起鬼臉，時而漂亮、和諧、高貴。

一天早上，我從這樣的夢中醒來，突然認出它來。它那注視我的眼神，如此熟悉，似乎就要叫出我的名字。它好像認得我，一直都在關心我，就像一位母親一樣。我激動地凝視著這幅圖畫，看著它紅棕色、濃密的頭髮，女性化的嘴唇，明亮的前額。內心愈來愈靠近這個醒悟、這個新發現、這個事實。

我從床上一躍而下，走到這張臉面前，近距離地盯著它瞧，想要看透那一雙睜得大大的、清澈的、專注的眼睛，右邊眼睛比左邊眼睛稍微高了一些。就在這時候，右眼突然顫動了一下，雖然是那麼輕微，卻是再明顯不過了。就在這一瞬間，我終於認清楚這幅畫了……

怎麼會到現在才發現！那是德密安的臉啊。

後來，我經常拿這幅畫跟記憶中德密安做比較。兩者雖然相似，卻並非一模一樣。但它確實是德密安沒錯。

某個初夏的傍晚，泛紅的夕陽從面西的窗戶斜照進來，房間裡朦朧昏黃。我隨手把那幅或碧翠絲或德密安的畫，釘在窗櫺上，看著暮色透過它的樣子。這張臉的輪廓逐漸變得模糊，但是微紅的眼眶，額頭上的光亮，鮮紅的嘴唇，彷彿要從畫面裡狂燒出來。天色已暗，我仍然久久地注視著它。漸漸地，我發覺這張臉既不是碧翠絲，也不是德密安，竟然是我自己。並非畫中這個人跟我相像，我也不認為它應該像我，但它對我很重要；它是我的心靈，是我的命運，或是我的魔鬼。假如我能夠再找到一個朋友的話，這會是他的長相。假如我可以擁有一個情人的話，這將是她的面容。我生、我死將是如此，我命運之歌的音調和節奏將是如此。

那幾個星期裡，我正在讀一本書，這本書帶給我前所未有的衝擊。即使後來的閱讀也很少有那樣的感覺，大概只有讀尼采吧。這是諾瓦利斯[9]的一本書，裡面收錄了他的書信和格言，我並非全然瞭解，但它們依舊深深吸引著我，令我著迷。我突然想起書中的一句名言，於是順手把它寫在這幅畫的下面：「命運和性格乃思想之名。」我終於瞭解這句話的涵義了。

我時常遇見這個被我稱為碧翠絲的女孩。再度相逢，我不再感到任何激動，唯有一股淡淡的和諧、一陣柔情的預感：你我相連在一起，但不是你本人，而是你的形象；你是我命運的一部分。

我對馬克斯．德密安的思念再度變得強烈。我已經好幾年沒有他的消息了。假期中只跟他碰過一次面。這一刻，我才發現我略過了這次短暫的相遇，也知道是因為羞愧和虛榮心作祟。我必須把它補回來。

那是在假期中，有一次我在鎮上閒逛，端著酒館時期那張驕傲自大、宿醉未醒的臉，揮著散步用的手杖，一副憤世嫉俗的神情。這時，我的老朋友正好迎面走過來。一看到他，我立刻倒退了幾步。我不由得想起法蘭茲・克洛摩。但願德密安已經把這件事給忘了！欠他一份人情實在很不好受——雖然那只不過是童騃時期的一段插曲，但對我而言，畢竟是一種負擔……

他似乎在等待我是否會跟他打招呼，當我盡可能沉著地面對他時，他走上前來跟我握手。這又是他一貫的握手方式！堅定、溫暖，卻又冷靜、充滿男人氣概！

他端詳我的臉，然後說：「你長大了，辛克萊。」他看起來絲毫沒有改變，和以前一樣老，也一樣年輕。

我們一起散步，閒聊起一些無關緊要的事，一字未提當年。我突然想起我寫了幾封信給他，卻沒有收到他的回音。啊，但願他也忘了那些愚蠢的信！對此他什麼都沒講。當時我還

---

9 諾瓦利斯：Novalis，德國浪漫派詩人。

沒遇到碧翠絲，也還沒開始畫畫，還處於放蕩階段。走到了郊外，我邀他一起上酒館，他答應了。一到了酒館，我便賣弄起來，點了一整瓶酒。我把酒杯斟滿，跟他一起乾杯。我完全一副對學生飲酒習慣很在行的樣子，一口氣喝下第一杯酒。

「你常常上酒館？」他問我。

「啊，是的。」我懶散地說：「要不然該做什麼？這終究還是最好玩的。」

「你真這麼覺得？也許是吧。這種醉意，偶爾學學酒神巴克斯，的確不錯！但我認為，經常膩在酒館的人，通常已經失去飲酒的真正樂趣。我覺得出沒酒館的人，簡直是迂腐。沒錯，找一個夜晚，點著熊熊火炬，好好給它喝個痛快，大醉一場，是很棒！但一再如此，一杯接一杯地喝，這樣不對吧？你可以想像浮士德夜夜坐在酒館裡的情形嗎？」

我繼續喝著酒，滿懷敵意地看著他。

「對，不是每個人都是浮士德。」我沒好氣地回答。

他顯得有些吃驚，凝視著我。

然後，是他那一向的活力充沛、又充滿優越感的笑容。

「好吧，我們別為這種事情爭論了。酒鬼和浪子的生活，或許比標準國民守成來得精采。我還曾經讀到一句話：浪子生涯是成為神祕主義者的最佳準備。畢竟，這個世界上像聖奧古斯丁一樣成為先知的人不少，最初他也是如花花公子般享樂。」

我不相信他的話，我不想讓自己被他掌控，於是傲慢地說：「是啊，人各所好！不過，我倒是一點也不想成為先知那一類的傢伙。」德密安瞇起眼睛會意地看著我。

「親愛的辛克萊，」他慢慢地說：「我不是故意說些不好聽的。你現在為什麼要在這裡喝酒，這點我們倆都不清楚。但創造你生命的自我會是明瞭的。真好，我們之中有一人知道自己的想望，並把一切做得比我們還好。不過，抱歉，我該回家了。」

我們簡短道別。我悶悶不樂地留下來，把瓶裡所有的酒喝得精光。離開時，這才發現德密安已經付了錢。這讓我更生氣了。

我的思緒又回到這件小小的事上。我沒辦法忘掉德密安。他在那家酒館裡講的話，再度浮現我腦海裡，清晰且永恆——「真好，我們之中有一人知道自己的想望！」

我望著這幅掛在窗櫺上的畫。四周已經黯淡下來，但還能看到畫裡的眼睛依舊燃燒著。這是德密安的眼神。或者，這是我內心裡的那個人的眼神。那個知道一切的人。

我是多麼思念德密安啊！我沒有他的消息，我找不到他。我只知道他大概在某所大學讀書。他中學畢業後，就跟著母親搬離了我們的城鎮。

我試著回憶，回溯到我和克洛摩的事件，回想馬克斯．德密安在我心中的所有記憶。我的耳邊再度響起許多他告訴我的事，有多少至今仍有著意義，實質的意義，仍然和我切身相關！就連我們上一次不怎麼愉快的聚會中，他講到有關浪子和聖者的片段，也突然清晰地浮現眼前。我的情況不正是如此嗎？我不也是活在爛醉和污穢之中、在渾噩和無望之中，直到我身上的另一面被某種新的動力點燃，獲得重生，因而盼望起純潔、渴望神聖？

我繼續探索這些回憶。夜早已降臨，外頭下著雨。我在回憶中也聽到雨聲，那時是在栗樹下，當時他正在探問我法蘭茲．克洛摩的事，並猜出我的祕密。記憶一件件接踵而來，我想到了上學途中的對話，想到了堅信禮課。最後，我突然想起我和馬克斯・德密安的第一次碰面。當時是為了什麼事？我一時想不起來，但我給自己時間慢慢回想，我完全陷入思考中。現在，它又回來了。他告訴我他對該隱的看法，之後，我們站在我家前面。他提到我家門拱上鑲嵌的那個古老、斑駁的徽章。他說他對它很感興趣，他覺得人們應該多注意這類事物。

那夜，我夢見德密安和這枚徽章。德密安把徽章拿在手上，徽章的樣子不斷變換，一下子變得很小，灰色的，一下子又變得很大，色彩繽紛，但德密安卻對我說這是同一個徽章。最後，他逼我吃下這個徽章。我一口吞下，卻無比驚恐地感覺到，這枚鳥形徽章在我體內活了過來，不斷成長起來，填滿我的身體，並由裡而外吞噬著我。我從極度恐懼中驚醒過來。

醒來的時候已經半夜了。雨水打進房間，我起來把窗戶關上，不小心踩到地板上的某個東西，只覺得它在黑暗裡發亮。隔天早上，我發現夜裡踩到的原來是我畫的畫像。它掉在地上，被雨水浸濕，紙張變得扭曲不平。我把畫攤開來，覆蓋上吸水紙，然後夾進一本厚厚的書裡晾乾。再次拿起來查看，畫已經乾了，畫面卻變了樣。紅色的嘴唇褪了色，變得更狹長些。現在，它十足是德密安的嘴了。

我重新動手畫另一張畫，是那個鳥形徽章。它的樣子我早已記不得了。印象當中，即使靠近觀察它，有些細節還是模糊難辨，因為年代久遠了，何況還多次被重新上色。這隻鳥可能是站著或停棲在某個東西上，也許是在一朵花上面，也許是在一個籃子或鳥巢，也可能是樹冠。我並不在意這些細節，直接從記得的部分著手。一股莫名的動力，驅使我用鮮豔的顏料；這隻鳥的頭是金黃色的。我順著心情繼續作畫，花了幾天完成了這幅畫。

現在，牠是一隻猛禽，有著輪廓分明、雄霸四方的雀鷹頭。襯著藍天的背景，牠半個軀體藏在一個陰暗的球體裡，彷彿正要從一顆巨蛋當中掙脫出來。我觀察著這幅畫，愈看愈覺得它像出現在我夢中的那個彩色徽章。

即使我知道德密安人在何處，也不可能寫信給他。但是，隨著當時行事的衝動，我決定把這幅畫寄給他，也許他會收到，也許不會。除了畫，我沒有任何話語，也沒有寫上我的名字。我小心翼翼把圖畫修邊，買了一個大型信封，寫上我朋友從前的地址。然後寄出去。

考試將近，我必須比平常更努力用功。自從突然改變我那可鄙的放浪之後，老師們再度仁慈地接受我。我還算不上是個好學生，但不管是我自己還是任何人，誰都無法想像，半年前的我還處於勒令退學的邊緣。

父親寫給我的信不再是先前的口吻，沒有責備，也沒有威脅。但我也沒有興致向父親或任何人解釋我的轉變。這個轉變正好符合父母和師長對我的期望，不過純粹只是巧合罷了。這個轉變沒有把我帶向任何人，也沒有讓他人因此接近我，只是把我變得更孤單、寂寞。它的目標朝向某個地方、朝向德密安身邊、朝向一個遙遠的命運。我自己還不清楚這個目標，因為我正置身其中。一開始是對碧翠絲的迷戀，但之後有一段時間，我活在一個極不真實的世界裡，那兒只有我的畫和我對德密安的思念，我完全失去了和碧翠絲的聯繫。我無法對任何人傾訴我的夢、我的期待、我內心的轉變。即使我想要，也沒辦法。

何況我怎麼可能會願意這麼做呢？

5. 奮力衝破蛋殼的鳥

我畫的夢中之鳥已上路尋找我的朋友。回覆卻是以一種最奇特的方式，來到我的手中。

當時正在課堂上。下課後我回到座位上，發現我的書本裡夾了一張紙條。紙條是摺起來的，就像同學間偶爾上課私下傳遞的小紙條一樣。看著這張紙，我唯一的念頭是好奇，誰會傳紙條給我？我從來不用這種方式和同學傳話。心想，大概是來邀我參加某個惡作劇吧，我不可能加入的。我看也不看就把它夾在課本裡。直到上了課，它無意間又掉落下來。

我把玩這張紙條，漫不經心地打開它，發現上面寫了一些話。我看了一眼，目光停在一句話上頭，內心訝異萬分，於是讀了起來。我讀著讀著，一顆心如置極寒，彷彿受到命運驚嚇地縮成一團：

「鳥奮力衝破蛋殼。這顆蛋是這個世界。若想出生，就得摧毀一個世界。這隻鳥飛向上帝。這個上帝的名字是阿布拉克薩斯（Abraxas）。」

我反覆閱讀這句話，不禁陷入深思。毫無疑問地，這是德密安的回覆。除了我和他之外，沒有人知道雀鷹這件事。他已經收到我的畫了。他看懂了其中涵意，並幫我解釋。但是怎會這樣呢？尤其困擾我的是，阿布拉克薩斯是什麼？我從未聽過，也從未讀過這個字。「這個上帝的名字是阿布拉克薩斯！」

我完全沒有注意這堂課上了什麼。下一堂課開始了，這是早上的最後一堂，由一位年輕的代課老師上課。這位老師剛從大學畢業，非常受到同學喜愛，因為他很年輕，對我們毫無架子。

佛勒（Follen）博士帶領我們閱讀希羅多德[10]的書。這是少數幾堂我很喜歡的課，但是今天我完全心不在焉。我機械地翻開書本，卻沒有跟上譯文，只是陷入自己的思緒中。我已經好幾次證實了德密安在宗教課上對我說過的話。他說，只要你的意志夠堅定，便能達成目標。上課的時候只要我全心專注在自己的思考，我便可以放心，老師不會煩我。假如你思想不集中或一副昏昏欲睡的樣子，那麼鐵定老師就會站到旁邊來，我也有過這樣的經驗。可

10 希羅多德：Herodot，古希臘歷史學家。

是，當你認真思考時，就會安全無慮。除此之外，我也試過堅定地注視別人，這個方法真的很管用。我和德密安還在一起時，實驗得並不順利，但現在的我常常可以利用眼神和思想，來達成許多想要的目的。

就像此刻，我也是這樣地坐在教室裡，內心卻距離希羅多德和學校非常遙遠。但就在這時，老師的聲音突然有如一道閃電打進我的意識中，我嚇了一跳，馬上清醒過來。老師的聲音就在我身邊，我甚至以為他就要喊我名字了。可是他的眼光並不是朝向我。我鬆了一口氣。

這時我又聽到他的聲音。他大聲地說著「阿布拉克薩斯」。

我錯過了佛勒博士剛才的解釋，幸好他繼續說：「我們不可以如此單純、幼稚地想像那些教派的觀點，和古代神祕教的結合，如同從理性主義觀察的見解來看一樣。今天我們所認知的科學，古代是一無所知，因此，當時的社會才有了一個高度發展的哲學——神祕學真相的研究。從而產生的巫術和無實用價值的東西，甚至成了詐騙和犯罪手段。不過，這些巫術的背後仍然有可貴的來源和深奧的思想。我剛才舉例的阿布拉克薩斯學說，也是如此。這個名字和希臘的符咒有關，它也常常被視為某個巫師的名字，甚至今日某些未開化的部落依然信仰著它。不過，阿布拉克薩斯似乎還有更深的一層意義。我們或許可以把它視為一個神靈的名字，這個神靈象徵著神聖和惡魔的結合。」

這位矮小的老師繼續講著，充滿了智慧和熱情，卻沒有人專心在聽。他沒有再談論這個名字，我的注意力很快又回到自己的思緒中。

「神聖和惡魔的結合」這句話在我耳邊迴蕩。我完全可以瞭解，因為在我和德密安最後的對話中，我便知道了。德密安說，或許我們崇敬的只是一個神而已，但祂顯現的卻是專橫隔離出來的一半世界（正式的、被允許的「光明」世界）。但我們必須能夠尊敬整個世界，也就是說，除了舉行上帝的禮拜儀式之外，也要建立一個魔鬼的禮拜儀式。所以，阿布拉克薩斯就是這樣一位上帝，他是上帝、也是魔鬼。

有一陣子我努力地追尋這個線索，卻苦無進展。我翻遍整座圖書館的書籍，企圖尋找阿布拉克薩斯，最後卻徒勞無功。不過我得承認，自己並未真正下定決心尋找它；事實上，我們能夠找到的也只是難以理解的真相，以及更多接踵而來的問題。

讓我費盡心思和熱忱研究碧翠絲形象的那段時光，已經漸漸消退，更確切地說，它慢慢地離我遠去了，愈來愈接近地平線，變得更虛無縹緲、更遙遠、更模糊。它不再滿足我的心靈。

取而代之的是某一種存在，我如夢遊者般在其中生活了許久，而現在，正有嶄新的什麼東西在醞釀。一種對生命的渴望綻放開來，更確切地說，是對愛情的渴望。有一段時間，我的性衝動因愛慕碧翠絲而淨化，此刻它渴望新的意象和目標。不過，我的願望並未實現，對我而言，欺騙自己的渴望、壓抑自己想從女人身上得到些什麼的期待，比任何事情都困難。關於女人，同學們曾經嘗試去瞭解。而我卻是幻想得更激烈，而且白天比夜裡的情況更嚴重。想像、意象或願望浮現在我心頭，使我抽離於外在世界。最後的結果是，我和內心的意象、幻想或影子相處，要比和現實環境的相處，來得真實、生動。

對我而言，有個一再重複出現的夢境，別具意義。我一生中最重要，且持續最久的這個夢境是：我回到家，襯著藍天的黃色鳥形徽章在家門上閃閃發光；進了屋裡，母親上前迎接我——我想要和她擁抱，卻發現那人不是我的母親，而是一個我從未見過的人。她的身材高大，面貌神似馬克斯・德密安，與我畫的那張肖像非常相似，但又有不同。儘管她看起來強壯有力，卻完全是個女性。這個人把我拉到她身邊，給了我一個情人的擁抱，一種強烈的、令人畏懼的擁抱。我的內心摻雜著狂喜和恐懼，這擁抱既是對上帝的崇敬，也是罪惡。對母親的極度思念、對我朋友德密安的極度思念，全都聚集在這一個擁抱裡。她的擁抱充滿禁忌，卻是一種快樂。每當從這個夢境醒來，我總是時而感到強烈的幸福，時而懷著無比的恐懼，我的良心受到譴責，彷彿犯下滔天大罪。

這幅畫面不知不覺中漸漸和那個暗示連結起來，那個暗示是外在給我的，關於那位我要去尋找的神。這個連結愈來愈密切，讓我開始感覺到，自己正在夢境的預感中呼喚阿布拉克薩斯。這個夢境摻雜了狂喜和恐懼、男人和女人，最神聖和最邪惡的事物彼此糾纏，強烈的罪惡和溫柔的純潔——我的愛情幻象是如此，阿布拉克薩斯也是如此。愛情不再是起初那種讓我驚恐的、獸性的、陰暗的性衝動。也不再是我在碧翠絲畫中呈現的那種天真、超越世俗的愛慕了。它是兩者，兩者和更多其他事物的化身；它是天使和撒旦，雌雄合一，人類和動物，至高的良善和極端的邪惡。這種生活是必然的，去經歷它便是我的命運。我嚮往它並懼怕著，但是它總是在那裡，一直控制我。

隔年的春天，我就要離開高級文科中學去上大學了，但還不曉得要去哪裡，該念什麼學科。我的嘴唇上方長出稀疏的鬍子，我已經是個成人了，對於未來卻仍然十分茫然，毫無目標。唯一可以確定的，就是內心的聲音，這個幻象。我隱約感覺到，也許我的任務就是盲目地遵循它的引導。但這對我而言是困難的，而且我天天在自我反抗。也許我瘋了，我常常這麼想，也許我跟其他人不一樣？不過，其他人辦得到的事，我也全都能做；我只要稍微努力一點，就能閱讀柏拉圖，會算三角數學，會理解化學分析。只有一點我做不到：撕裂那個暗藏在內心的目標，把自己描繪在什麼地方，就像其他人那樣。他們很清楚知道自己想成為教授、法官、醫生或藝術家，他們知道需要花多少時間來達成，也知道這將會帶給他們何種優勢。然而我辦不到。我將來或許會這麼做，但我從何知道呢？也許我還得尋覓，繼續探索好幾年，最後一事無成，達不了任何目標。但也許我會達成一個目標，而它卻可能是個邪惡的、危險的、可怕的目標。

我只是嘗試著過自己要的生活而已。為何如此艱難呢？

好幾次試著把夢境中這個高大的愛人畫下來，卻怎麼也畫不成。只要成功地畫出來，我就會把它寄給德密安。他在哪裡？我不曉得。我只知道他跟我緊緊相連。何時才會再見到他呢？

迷戀碧翠絲之初的平靜，早已消失。當時我以為自己已經來到一座島，找到了平靜。然而事情往往這樣——自在暢意的情境，美好愉快的夢，總是轉瞬枯萎，變得模糊不清。嘆息、抱怨，根本白費力氣！現在的我處在一種慾求不滿、焦慮的火海之中，時常讓我粗野且瘋狂。夢中情人的影像不斷浮現腦海，比真實生活還要清晰，比我的手更為分明。我跟她講話，在她面前哭泣，詛咒她。我視她為母親，含淚跪在她面前；我稱她為情人，而且我有預感，我感到她給我成熟、滿足的親吻；我稱她為魔鬼和妓女，稱她為吸血鬼和殺人犯。她引誘我到最溫柔的愛情夢境，也引誘我到放蕩的污穢之地。對她而言，沒有所謂的太好和太珍貴，也沒有所謂的太壞和太卑劣。

一整個冬天，我處在難以形容的內心風暴中。我早已習慣孤獨的日子，沒有壓迫感。我和德密安、雀鷹和這位大號的夢幻人物相依為命，這個人物是我的命運，是我的情人。能夠生活在其中，我已經覺得滿意，因為這一切望向浩瀚的遠方，指向阿布拉克薩斯。但是，無論是這些夢境還是思想，完全不聽我使喚，我無法號令它們，無法隨心賦予它們顏色。它們隨時可以前來擄獲我；我受它們控制，仰賴它們生存。

外表上，我顯得很穩重。我不怕人，同學也知道這點，因而對我有一種神祕的敬意，常常讓我覺得好笑。只要我想要，我就能看穿他們大部分人，偶爾甚至可以藉此伎倆嚇嚇他們。只是我很少也不曾這麼做。我總是全神貫注在自己身上。我熱切渴望能夠真正活過一次，即使只是短暫的一次；我期盼對世界貢獻出一些自己的東西，跟這個世界建立關係，並且和它搏鬥。有時候，我在夜裡穿越大街小巷，直到深夜還無法回家，因為我感到煩躁不安。有時候，我幻想我當下一定會遇見我的情人，就在下一條街，她隨時會從某一個窗口呼喊我。有時候，我受不了這一切折磨，準備自我了結。

當時，我找到了一個很奇特的庇護所，誠如人們所說的，純屬一種「偶然」。事實上，並沒有所謂的偶然。如果一個人迫切需要某樣東西，然後找到了這個東西，那麼賦予這種機會的就不是偶然，而是他自己；是他本身的渴望和迫切帶領他去找到它。

有兩、三次我路過郊外，聽見風琴聲從一座小教堂裡傳來，但我沒有停下腳步。直到有一天我再次經過，又聽到了琴聲，我認出那是巴哈的音樂。我走向教堂大門，發現它上了鎖。當時路上幾乎沒人，我索性坐在教堂旁街道的鑲邊石上，翻起我的衣領擋風，聆聽著音樂。這部管風琴應該不大，音質卻很好。整首樂曲的演奏方式很特別，呈現一種特有的、充滿意志，以及頑強的表達風格，聽起來有如祈禱。這位演奏者似乎知道這首音樂中藏有珍寶，他在追求，他在叩門探問，他關心這個珍寶有如關心自己的生命。我對音樂的技巧方面並不是很瞭解，但是打從孩提時代，憑直覺就懂得這種心靈的表達，內心很自然地能夠感受這樣的音樂。

這位管風琴師隨即彈奏了一些現代樂曲，可能是雷格[11]的音樂。教堂裡幾乎一片昏暗，只有一道微弱的光從最接近我的那扇窗透出來。直到音樂結束，我還在門外徘徊了一陣，終於我看見管風琴師走出來。他還是年輕人，但是比我年長一些，身材矮胖且健壯結實。他走得很快，步伐相當有力，但看起來似乎有些不滿的樣子。

從那次開始，到了晚上，我有時候會在那座教堂前坐著，或來來回回踱步。有一次發現大門開著，於是走進去坐在長椅上聽了半個小時，雖然冷得發抖，但是心裡很快樂。管風琴師則坐在上面，藉著微弱的煤氣燈彈奏。我從他彈奏的音樂中聽出他自己。我還發覺，他所彈奏的每一首樂曲彼此都有關聯，一種祕密的聯繫。他彈奏的曲子莫不充滿虔誠、崇拜和真摯，但不是教堂裡的教徒和傳教士的那種虔敬，而是中世紀朝聖者和托缽僧的那般虔敬，秉持毫無餘地的獻身精神，將自己奉獻給宇宙般的情感，這種情感超越了所有的教條。他經常彈奏巴哈之前的樂曲，以及古老義大利的曲子。而都在敘述同樣的事物，都在敘述樂師的心靈中也擁有的東西：渴望，以及與世界最緊密的結合和最激烈的分離，渴望細聽自己的黑暗心靈，忘我的陶醉，和對美的深深好奇。

某天，管風琴師走出教堂，我決定偷偷跟隨他，我遠遠看見他走進郊外的一家小酒館。我不由自主地跟著他走進去。我第一次清楚看見他的模樣。他坐在一個角落，頭上戴著黑色氈帽，面前放了一杯酒。他的容貌正如我想像的一樣。他的長相難看，有點野性，好奇又頑固，倔強並充滿意志；儘管如此，嘴角卻不失柔和且天真。男子氣概和堅定氣息全展現在他的眼睛和額頭上，下半個臉看起來則是溫柔、稚氣、衝動，還有些女性特質。他的下巴顯得無力，彷彿在與他的額頭和眼神對抗，非常柔弱。我喜歡這雙深褐色的眼睛，充滿傲慢和敵

---

11 雷格：Reger，德國作曲家。

意。

我一聲不吭地在他對面坐下，酒館裡除了我們沒有其他客人。他看著我，彷彿想要趕我走。但我不退讓，堅定地看著他，直到他沒好氣地咕噥著：「您這麼瞪著我在看什麼？究竟想要做什麼？」

「我沒別的用意。」我說：「我已從您這兒收穫良多。」

他皺起眉頭。

「這麼說來，您是個音樂狂？我覺得崇拜音樂令人噁心。」

我不讓自己被嚇退。

「我時常聆聽您的音樂，就在教堂外面。」我說：「我沒有要打擾您。我只是想，也許可以從您這邊找到某些東西，某些特別的東西，我不大知道是什麼。不過您也可以不要理我！我只要在教堂聆聽您的音樂就好。」

「可是我一直都有關門啊！」

「上次您忘了關，我就坐在裡面聽了。之前我都是站在外面，或坐在街道的鑲邊石上。」

「真的？您下一次可以進來，裡面比較暖和。您只要敲敲門即可。不過不要太用力敲，也不要在我彈琴的時候敲。好，有話快說——您想要說什麼？您很年輕，大概還是個中學生或大學生吧。您是音樂家嗎？」

「不是。我喜歡聽音樂，但只聽您彈奏的那種，非常純粹的音樂。在那種音樂中，我可以感受到有個人徘徊在天堂和地獄之間。我很喜歡，因為它不那麼道貌岸然。其他音樂全都過於訴諸道德，不是我想要尋找的。我一直深受說教的折磨。我無法表達得很清楚。您知道世間有一個上帝與惡魔合一的神嗎？我聽說曾經有過。」

這位音樂家把寬大的帽子往後推，搖搖頭，將深色頭髮甩到寬大的額頭旁。他銳利地看著我，俯身越過桌子湊近我面前。

他輕聲緊張地問：「您所說的這個神叫什麼名字？」

「很遺憾，我對祂幾乎一無所知，只知道名字。他名叫阿布拉克薩斯。」

音樂家狐疑地環顧了四周，彷彿有人在偷聽我們講話似的。然後他挪動椅子靠近我，低聲說道：「不出我所料。您是誰？」

「我是高級文科中學的學生。」

「您從哪兒得知阿布拉克薩斯？」

「偶然知道的。」

他猛搥一下桌子，震得酒杯裡的酒溢了出來。

「偶然！別說這種屁話，年輕人！我告訴你，沒有人會在偶然的情況下知道阿布拉克薩斯。我會跟你講更多有關祂的事。我還知道一些。」

他沉默下來，然後把椅子挪回去。我迫切地注視他，他卻對我扮了一個鬼臉。

「不是在這裡講！下一次。您拿去吧！」

他伸進身上的大衣口袋中，取出幾顆烤栗子丟給我。

我什麼都沒說，一把接過吃了起來，感到非常滿足。

「好吧！」過了一會兒，他輕聲地說：「您是怎麼知道他的？」

我毫不猶豫地告訴他始末。

「當時我感到孤獨且徬徨。」我敘述著，「這時突然想起以前一位朋友，我覺得他懂得很多。我畫了一個東西，是一隻鳥從一個球體內掙扎出來。我把這幅畫寄給他。過了一段時間，我幾乎忘記這件事了，有一天突然收到一張紙條，上面寫著：鳥奮力衝破蛋殼。這顆蛋是這個世界。若想出生，就得摧毀一個世界。這隻鳥飛向上帝。這個上帝名叫阿布拉克薩斯。」

他沒有答腔。我們剝著栗子殼，拿來配酒。

「再喝一杯吧？」他問。

「不，謝謝。我不喜歡喝酒。」

他笑了笑，顯得有些驚訝。

「您隨意吧！我可不一樣，我要繼續留在這裡。您想離開的話，就儘管走吧！」

下一次聽他彈奏管風琴後，我和他走在一起，他變得沒那麼多話。我們走在一條老街上，他帶我走進一幢古老、雄偉的房子。上了樓，進到一間有點昏暗且空曠的大房間裡，除了一架鋼琴之外，別無關於音樂的物件。房間裡擺了一個大書櫃和一張書桌，讓空間裡添了些許書卷氣。

「您有多少書啊！」我讚許地問。

「其中一部分是我父親的藏書，我跟他住在一起。是的，年輕人，我跟我父母住在一起，但我不能把他們介紹給您，我在這幢房子裡沒有地位，不受尊重。您知道嗎，我是個浪子。我父親是個非常值得敬重的人，他是城裡一位知名的牧師和傳教士。而我呢，直接告訴您吧，我是他那大有為的兒子，後來卻偏離正軌，變得瘋狂。我以前讀的是神學，卻在國家考試前夕，離開了這個過於天真的科系。不過我一直沒有離開這個領域，我私底下研究它。我仍然很想知道人們各自想像的是怎樣的神，這對我來說很重要。此外，我現在是音樂家，不久以後可能會得到一個小小的管風琴師工作，然後又可以在教堂裡服務。」

我瀏覽著群書。在檯燈微弱的燈光下，就我所能辨識的，我看到了希臘文、拉丁文、希伯來文的書名。這會兒，我這位朋友躺在地板上，顯然準備做點事。

「您過來，」不久，他叫住我：「我們來練習一點哲學，也就是閉上嘴巴，趴下來，然後思考。」

他點了一根火柴，點燃紙張和木材放進壁爐裡，接著他就在壁爐前躺下。爐中的火焰竄起，他小心翼翼地撥動一下，再添加柴火。我陪他在破舊的地毯上躺下來。他凝視著同樣吸引我的火光，我們就在跳動的火花前，默默地趴了一個小時之久，望著火焰熊熊燃燒，嘶嘶作響，火焰漸漸微弱，明滅不定，閃爍著，顫動著，最後沉寂，化為爐底的餘燼。

「拜火並不是所有創造中最愚蠢的舉動。」他喃喃自語著。除此之外，我們都沒有開口說話。我凝視著火焰，陷入夢幻和寂靜中。在灰燼和煙霧裡，我看到了影像。有一次甚至讓我嚇了一跳，因為同伴把一小塊樹脂丟進燒紅的炭火裡，使得一道細長的火焰急速衝上來，就在火焰中，我看到那隻有著黃色雀鷹頭的鳥。隨著逐漸熄滅的爐火，金色熾熱的線條聚集成巢窩，形成一些字母和圖像，讓人聯想到臉孔、動物、植物、蟲和蛇。我從冥想中醒過來，盯著同伴，看到他托著下巴，正忘我、狂熱地注視著灰燼。

「我得離開了。」我小聲地說。

「好，您走吧。再見！」

他沒有站起來。燈火已經熄掉，我必須費勁摸索，越過昏暗的房間和走道下樓去，走出這幢彷彿著了魔的老房子。每一扇窗子都是漆黑的。在煤氣路燈的照射下，一個黃銅製的小牌子在門上閃閃發光。

「皮斯托利斯（Pistorius），首席牧師」，我在這塊牌子上看到這些字。

晚飯後回到家，獨自坐在小房間裡，我這才想到，我既沒有聽到關於阿布拉克薩斯的任何事情，也不知道關於皮斯托利斯的事，我們今天的交談幾乎不到十個字。但是這次拜訪讓我感到很滿意。他答應下一次為我彈奏一段精選的古老管風琴樂曲，布克斯特胡德[12]的帕沙加利亞舞曲。

在這位管風琴師皮斯托利斯昏暗的房間中，跟他躺在壁爐前的地板上，他為我上了第一堂課，而我絲毫並不知情。看火這件事對我很有好處，它增強並證實了一直存在我內心的傾向，我卻不曾好好愛護它。一直到後來我才漸漸明白。

早在孩提時代，我就偏愛大自然的奇妙現象，不是用觀察的方式，而是忘我地沉浸在它們特有的魅力，它們紊亂的、鮮明的狀態裡。結節的長樹根、岩石上的彩色紋理、浮在水上的油漬、玻璃的裂縫——這一切對我深具吸引力，尤其是水和火、煙霧、雲、灰塵更是如此。尤其是當我閉上雙眼時，看到的那些旋轉的彩色斑點。在初次拜訪皮斯托利斯之後的那幾天，我突然又想到這些事。因為從那時候起，我發現我的自覺愈來愈強烈，我感到一陣狂喜，全歸功於長時間對火的凝視。觀火竟然是這麼的安慰，讓人內心充實！

截至目前，在尋找生命的真正目標上，我只有少數的經驗，現在又多了一項新的體驗：

12 布克斯特胡德：Buxtehude，丹麥管風琴演奏家，作曲家。

觀察這類形體，醉心於非理性的、紊亂的、異樣的自然形體，它們為我們帶來和諧，讓我們的內心與創造這些形體的意志產生共鳴——我們很快地感覺到這種誘惑，進而把它視為自己的情緒，視為自己的創造。我們看見自然和我們之間的界線開始動搖、消逝，而我們意識到這樣的心境，卻不知道眼裡的這些現象究竟來自外在，還是內在的印象。我們在練習中，發現自己是多麼優秀的造物者，心靈不斷參與世界的持續創造，再沒有像這種練習來得簡單容易了。更確切地說，在我們內心以及自然中積極活動的，是同一個不可分割的神。如果外在世界毀滅了，我們之中一定有人能夠把它重建，因為山脈和河流、樹木和葉子、根和花朵，自然界所有的造物早已存在我們內心，它們皆出自一個心靈，這種心靈的本質是永恆；我們無從認出它的本質，它多半以愛情和創造讓我們感受到。

多年後，我才在一本書中證實了我的觀察。達文西曾經說過，觀察一面被許多人吐過口水的牆，是多麼美好且興奮的事。他從潮濕牆壁上那些痕跡感受到的，與皮斯托利斯和我在爐火前感覺到的一模一樣。

在我們又一次碰面時，這位管風琴師解釋道：

「我們把人格界定得太狹窄！經常只把我們的特性當成是自己跟他人的差異、不同之處。可是我們是由世界的整個存在所組成，每一個人都是。正如我們背負了進化的家譜，一直可以追溯到魚類，以及更多更久遠之前，在我們的心靈中，也同樣擁有所有曾居住過人類心靈的一切。不管是在希臘人，中國人，或祖魯人身上，所有的神和惡魔，所有可能性，諸如願望、選擇，皆與我們同在。即使人類絕種，只剩下唯一一個還算有天賦，卻沒受過教育的孩子，他也將會重新找到一切事物的運作方法，也會找到神、魔鬼、天堂、戒律和禁令、《舊約》和《新約聖經》，重新創造。」

「好，」我提出反駁：「但是個人的世界又在哪裡？假如我們本身已經具備了一切，我們為何還要努力追求？」

「住嘴！」皮斯托利斯激動地叫著。「不管您本身究竟承擔了這個世界，或只是知道而已，這之間可是大大不同！一個瘋子可以創造出讓人想起柏拉圖的思想概念，而一個亨胡特兄弟會教派[13]學校的虔誠小學生，發揮創意思考深沉的神話關聯性，這些思想也出現在諾斯底教派[14]信徒或索羅亞斯德教派[15]信徒的腦海中。但是他卻一無所知！只要他不曉得，他就只是一棵樹或一塊石頭，頂多也只是一隻動物而已。然而，如果理解的第一道微光乍現，他就成為人類。您看到所有會跑的兩腳動物，該不會只因牠們站著走路且經懷胎九月，就全部稱為人類吧？您瞧，牠們之中有多少是魚或羊、是蠕蟲或水蛭，有多少是螞蟻、多少是蜜蜂！現在，牠們都有成為人類的機會，可是，只有在牠們預知這個機會、甚至學習把它轉化為自覺，這個機會才屬於牠。」

我們的對談大致如此。很少帶給我全新的、驚豔的體會。但是這一切，就算再乏味，都以輕輕的、固定的搥打方式，敲中我內心的同一個點；幫助我成形，幫我脫離外殼、打碎蛋殼，我從那兒出來，把頭抬得更高一些、更自由一些，直到我的黃鳥將牠美麗的頭衝出毀滅的世界。

我們也經常把彼此做過的夢告訴對方。皮斯托利斯善於解夢。我還記得一個奇特的例子。我作了一個夢，夢中我會飛，但我的情形是這樣的：我幾乎是被一股強大的推力拋向天空，我無法控制。飛行的感覺令人興奮，但不久，當我發現自己逐漸被推向危險的高度，愈來愈無能為力時，我開始感到害怕。但我剎那間發現了解救辦法，我可以藉由吸氣或吐氣控制升降。

皮斯托利斯解釋是：「推動您飛行的這股力量，是每個人都具有的財產。它是連結力量根源的感覺，但也因而讓人驚慌失措！它非常危險！因此大部分人渴望放棄飛行，寧可根據法令規定，漫步於人行道上。但您不是。您繼續飛，正如每個優秀的年輕人應有的樣子。您瞧，您發現您漸漸可以駕馭這股巨大的力量，您發現除了會把您颳走的力量之外，還出現了一種微妙的個人力量，那是一種裝置、一個舵！這點非常棒。少了它，我們會無法控制自己

---

13 亨胡特兄弟會教派：Herrnhuter，基督教新教教派之一。
14 諾斯底教派：Gnostiker，基督教新教教派之一。
15 索羅亞斯德教派：Zoroaster，古波斯所信仰的教派。

而爆炸，意志力也發揮不了作用，瘋子的遭遇就是這樣。他們比人行道上的人接收了更強烈的意向，不過他們沒有開關，也沒有舵，於是飛進了深淵之中。但是您，辛克萊，您做到了！而且棒極了。您該不會還不知道吧？您藉由一種新的裝置、一個空氣調整器來達成。這時您會發現，內心深處所含的『個人』成分是如此地少，這個調整器不是由它所發明！這個調整器不是創新的發明！它只是一種借用，因為它已存在幾千年之久了。它是魚類的平衡器官，魚鰾。事實上，在今天還有少數幾種罕見的原始魚類，牠們的魚鰾同時也有肺的特性，或許也能用來呼吸，也就是如您在夢中當作氣鰾使用的肺那般！」

他甚至拿來一本動物學的書，把那些原始魚類的名稱和圖片指給我看。而我懷抱著一種奇妙的敬畏，感到一種來自演化早期的功能，彷彿已在我的心裡活了起來。

6. 雅各的奮鬥

那位怪人音樂家皮斯托利斯，告訴我關於阿布拉克薩斯的一切，想要簡單幾句話帶過，是不可能的。但是從他身上，我學到更重要的是，我在找尋自己的路上又邁進了一步。當時，我大約十八歲的年紀，是個與眾不同的年輕人，許多方面早熟，許多方面卻又稚氣難脫，常常感到無助。拿自己和其他人相比，我常常感到自負和驕傲，同樣也常常感到沮喪和受辱。我會把自己看成天才，又會把自己當成半個瘋子。我沒有辦法和同儕一起享受喜悅和生命，而且每每用責備和憂慮來折磨自己，彷彿我已經絕望地與世隔絕，彷彿生命已經把我摒除在外。

皮斯托利斯是個已經成年的怪人，他教我應該保持勇氣與尊嚴。他總是可以在我的言語當中找出一些價值，他總是能夠從我的夢中、想像中和思考中，發現一些珍貴的事物，認真且誠摯地談論它們。他給了我下面這個例子。

「您以前告訴過我，」他說：「您之所以喜歡音樂，是因為它們不會道貌岸然，對此我沒意見。不過，您本身不能是一個道德主義者才行！您不能跟其他人比較，假如大自然把您創造成一隻蝙蝠，您就不應該想著變成一隻鴕鳥。有時候您覺得自己很特別，有時候您譴責自己選擇了跟大部分人不同的路，但您必須學習放棄這種思考方式。您去看看火、看看雲吧。一旦靈感來了，一旦您內心的聲音開始說話，您就應該順應它們，不要馬上就問那樣是不是被允許，是不是可以討好老師或父親，是不是會被任何親愛的神所唾棄！這一切會讓我們變得迂腐，讓我們變成人行道上的化石。親愛的辛克萊，我們的神名叫阿布拉克薩斯，他是神也是撒旦，他本身兼具了光明的世界和黑暗的世界。阿布拉克薩斯從來不反對您的想法，從來不否定您的幻夢，您絕不能忘記這點。可是，一旦您變得完美無瑕，變得平凡正常，他就會離開您。他會從您身上離開，重新尋找一個新鍋子，在那鍋子中烹調他的思想。」

我所有的夢中，黑暗的愛情幻夢最為堅貞忠實，我經常夢到它。我夢見自己從鳥形徽章的下面踏進我家的老房子，我想把母親抱在懷裡，但我抱住的不是她，而是那位高大、半男半女的女人；我非常敬畏她，但是又為她挑起最強烈的渴望。我絕對不能把這個夢告訴我的朋友。即使我對他傾訴了其他一切，我仍然將這個夢保留在心裡，它是我的隱私、我的祕密、我的庇護所。

當我心情鬱悶的時候，我會請皮斯托利斯為我彈奏老布克斯特胡德的帕沙加利亞舞曲。然後坐在夜晚昏暗的教堂中，沉醉在充滿奇幻、冥想的音樂裡。這音樂總是令我感到愉快，讓我更願意聆聽內心的聲音。

有時候，音樂結束之後，我們會在教堂裡多坐一會兒，看著從高聳的拱窗透進來的微光，逐步消失在黑暗中。

「我曾經是神學院的學生，而且差一點就成為牧師。」皮斯托利斯說：「這聽起來很奇怪。其實我只是犯了一個形式上的錯誤。我的職業和目標仍然是當一個牧師。只不過，在我知道阿布拉克薩斯之前，我滿足得過早，並為耶和華效勞。啊呀，所有宗教都是良善的。宗教是心靈情感，不管你是基督徒，或是去麥加朝聖的信徒，對每個人都一樣。」

「那您其實可以當牧師啊！」我說。

「不，辛克萊，不。真要當牧師的話，我就必須說謊。我們的宗教被實踐過頭了。它的行事有如自己是一部理智的傑作。萬不得已的時候，我可能會成為天主教徒。可是，要我當新教的牧師——不可能！我認識一些如假包換的信徒，他們喜歡遵循文字的記載，面對這些人，我不能告訴他們耶穌基督對我而言不是一個人，而是一個英雄、一個神話，一個神祕的影子圖像，在這個圖像中，人類看到自己被畫在永恆的牆上。還有一些人上教堂，為的就是聽一些聰明的話，履行一下義務，大小事都不願錯過。說真的，我該對這些人講什麼呢？難道你認為我應該去改變他們錯誤的想法、扭轉他們的信仰嗎？這根本不是我想要的。牧師不是要誘導他人改變信仰，他只想生活在信徒之中，生活在跟他一樣的人當中。我想要成為感覺的接收體和媒介，而我們的就是從這種感覺當中創造出來的。」

他停了一下，然後繼續說：「現在，為了我們的新信仰，我們選了阿布拉克薩斯這個名字，這個信仰是很好的，親愛的朋友。它是我們所擁有的最棒的信仰。但是它還是一個嬰兒！它的翅膀尚未長成。啊，讓它成為稀有的信仰，是不正確的。它必須成為共同的信仰，它必須擁有讓人沉醉其中的祭禮、慶典、神祕的宗教儀式……」

他陷入自己的沉思中。

「我們難道不能單獨一人，或者以小團體進行神祕的宗教儀式嗎？」我吞吞吐吐地問道。

「當然可以。」他點點頭。「我已經進行很久了。我有一套自己的崇拜儀式，假如被人知道的話，可能得被判坐上好幾年牢。但我知道我的做法也並不正當。」

他突然拍拍我的肩膀，讓我嚇了一跳。「小伙子，」他告誡我：「您也有自己的一套神祕儀式。我知道您一定也有不能對我啟齒的夢。我並不想知道它們。但我要告訴您的是：好好過著它們指引你的生活，這些夢的生活，享受它們，為它們建造聖壇吧！它尚不完美，卻是一條道路。總有一天，事實會證明您、我和一些其他的人，是不是可以重新恢復這個世界。但是，我們每一天都必須重建我們內心的世界，否則我們將一事無成。您要切記這點！您現在十八歲，辛克萊，您不會去找街頭妓女，您必須擁有愛情的夢和願望。或許這些夢境會讓您感到恐懼，但不要害怕！這些夢和願望是您所能擁有的最棒的東西！您可以相信我。我在您這個年紀的時候，壓抑了我的愛情夢，因此失去了許多。我們不必這麼做。假如我們認識阿布拉克薩斯，就不可以再如此。我們不可以害怕，不可以把我們內心的渴望視為禁忌。」

我感到震驚，於是提出反駁：「可是我們總不能突然想到什麼，就把它付諸實行吧！我們總不能因為討厭一個人，就把他殺死吧。」

他挪動身體，向我更靠近一些。

「視情況而定，也許是可以這麼做的。只是它多半是一種錯誤。我也不是說您想到什麼就該照做。不是這樣的。但您不應該驅逐這些動機良善的想法，對它們進行道德勸說，破壞它們。我們可以隆重地端起聖杯飲酒，同時想著神祕宗教的獻祭儀式，而不是把自己或他人，全釘死在十字架上。我們也可以不用這樣的行為，而是以尊敬和愛來處理我們的性慾和所謂的誘惑。如此一來，它們便會顯示出意義，它們都是有意義的。辛克萊，當您突然想到一些瘋狂或邪惡的念頭，想要把某人給殺了，或者想要犯下罪大惡極的行為，這時您要想一想，那是阿布拉克薩斯在您內心製造的幻想！您想要殺害的絕不是一個真實的人，肯定只是一個偽裝而已。假如我們怨恨一個人，我們恨的是在他形象中的某些東西，這些東西也是我們本身所擁有的。凡是我們本身沒有的東西，並不能激動我們的心。」

皮斯托利斯對我說過的話，從來不曾像這些一樣深深觸動我的祕密。我答不出話來。令我特別感動的是，這些鼓勵和德密安的話相當一致；他們彼此不認識對方，卻對我說出同樣的話。

「我們看見的事物，」皮斯托利斯小聲地說：「和處於我們內心的事物，是同樣的東西。沒有任何事物比我們內心的事物來得更真實。這也就是為什麼大部分人過著不真實的生活，因為他們不把這些意象視為真實，不讓內心的世界表達出來。雖然這樣可以過得很快樂，可是一旦我們知道了怎麼一回事，就再也不會選擇跟其他人一樣的路。辛克萊，大部分人走的是一條簡單的路，我們走的卻是一條坎坷的路。但還是要走下去。」

接下來幾天，我等了兩次都沒有等到他，直到一天晚上，我在路上遇見了他。寒冷的晚風中，他獨自一人走在路邊，踉踉蹌蹌，喝個爛醉。我不想叫住他。他從我身邊經過，卻沒有看到我，眼神熾熱且孤獨地凝視前方，彷彿正在跟隨黑暗中一個莫名的呼喚。我跟在他後面走了一段路，他好像是被一條看不見的線給牽引著，步伐有力卻輕盈，好像一個飄泊的靈魂。我悲傷地回到家裡，回到我那未被紓解的夢中。

「他用這種方式重整內心的世界！」我心想，轉瞬間又覺得自己的想法很庸俗，充滿說教意味。我對他的夢又知道多少？也許，他在他的醉意中，比我在我的害怕中找到了更安全的道路。

課堂的休息時間，我偶爾發現一個我不曾注意的同學試圖接近我。這位少年長得矮小，看起來很虛弱、瘦削；頭髮是偏紅的金黃色，有一點稀疏。他的眼神和舉止顯得和其他人不一樣。有個晚上，他在我回家的路上等我，他讓我先經過，然後跟在我後面，直到我門前才停了下來。

「你找我有什麼事嗎？」我問。

「我只想跟你說一下話。」他靦腆地說：「幫我一個忙，跟我來好嗎？」

我跟著他走，感覺到他非常激動，而且充滿期待。他的雙手顫抖著。

「你是靈魂學家嗎？」他相當突然地問起。

「不，克瑙爾（Knauer），」我笑笑地說：「根本不是。你怎麼會這麼想？」

「那麼你是通神論者？」

「也不是。」

「啊，你不要這麼沉默！我可以強烈感覺到你身上有某種特別的東西，它就在你的眼神之中。我相信你一定和聖靈有互動。我不是出於無聊或好奇才來問你，辛克萊，我不會的！我本身也在探索，你知道的，而且我相當孤獨。」

「那你說吧！」我鼓勵他繼續說。「我壓根兒不知道任何有關聖靈的事，我生活在我的夢中，這點你也已經感覺到。其他人也生活在夢中，只不過那不是他們自己的夢，差別就在此。」

「對，可能是這樣。」他輕聲說道：「那要看我們生活在何種夢中。你有沒有聽說過造福的仙術嗎？」

我不得不承認自己不知道。

「你若學會這個，就能夠自我掌控。你可以永生不死，也可以施魔法。你從來沒有做過這種練習嗎？」

我好奇地問他怎麼練習的，他起先表現得很神祕，直到我轉身準備離開，他才願意講出來。

「例如，當我想要入睡，或想要集中精神的時候，我就會作這樣的練習。我會想著一些東西，譬如一個字或一個名字，或一個幾何圖形。然後我把它想進心坎裡，盡我所能地拚命想它。我試著想像它在我腦海裡，直到我感覺它已在當中為止。然後我又想像它在我的脖子裡，以此類推，直到我完全被它填滿。這時我會變得很堅定，沒有任何事物可以讓我失控。」

我大概理解他的意思。不過我感覺到他還有事相瞞，因為他太激動，又行色不安。我試著輕鬆地問他一些事，他很快地便道出真正的意圖。

「你也在禁慾嗎？」他怯怯地問我。

「你所指為何？你是指在性慾方面嗎？」

「對，是的。從我知道仙術的練習後，我已經禁慾兩年了。在那之前，我做了不道德的行為，你知道我的意思。你還不曾跟女人有過關係嗎？」

「沒有。」我說：「我還沒找到對的人。」

「如果你找到你覺得對的對象，難道你就會跟她睡覺嗎？」

「對啊，當然。假如她不反對的話。」我帶點嘲笑地說。

「哎呀，那你就錯了！人只有在完全保持禁慾的情況下，才能鍛練內心的力量。我已經做了兩年之久，兩年又一個多月！相當困難！有時候幾乎就要堅持不下去了。」

「聽好，克瑙爾，我不覺得禁慾有這麼重要。」

「這我知道，」他抗議地說：「人人都這麼講。可是，我希望從你身上得到不一樣的答覆。誰想要達到精神的更高境界，就必須保持純潔，務必得這樣！」

「好，那你就這麼做吧！但是我不懂，為何一個人應該比其他人保持『更純潔』，為何要壓抑他的性慾。難道你連一切的思想和夢境都可以排除性慾嗎？」

他失望地看著我。

「不，不行！夠了，那是無法避免的。我在夜裡的夢，那些夢我連對自己都講不出口！可怕的夢！」

我憶起皮斯托利斯說過的事。雖然我相信他說的是正確的，可是我沒辦法把它轉述給別人；除非是我個人的經驗，除非是我已經實踐的事情，否則我沒辦法把它當成奉勸別人的忠告。我沉默了下來，也因此感到慚愧；有人來向我尋求建議，我卻無力幫忙。

「我什麼都嘗試過了！」克瑙爾在一旁訴苦。「所有能做的事情我都做了，我試過冷水浴、冰雪浴、體操、慢跑，但是都沒用。每天晚上我從夢中醒來，我根本不敢去想那些夢。更恐怖的是，我精神上認知的一切都在這兒喪失了。我幾乎沒辦法專注，沒辦法讓自己入睡，常常一整個晚上沒有闔眼。我沒辦法再這樣忍受下去了。假如最後不能完成這個戰鬥，假如我讓步，再度污穢了自己的話，那我會比其他那些根本不抵抗的人更差勁。你總可以瞭解這個吧？」

我點點頭，卻不能對此多說什麼。我開始覺得他很無聊，也對自己的反應感到吃驚，因為他明顯表達了痛苦和絕望，卻沒有引起我的共鳴，我唯一的感覺只是：我幫不了你。

「難道你沒方法幫我嗎？」最後他顯得很疲憊，很悲傷。「一點辦法也沒有嗎？一定會有辦法的！你都是怎麼做的呢？」

「我沒有方法可以告訴你，克瑙爾。這種事情，沒有人可以幫得了別人。也沒有人幫過我。你得自己去思考，並且順應你真正的本能。除此之外，別無他法。我想，假如你無法發現自己，那麼你也無法找到靈魂。」

這個矮小的傢伙感到失望，他沉默地看著我，突然眼神充滿敵意。他的表情因為忿恨而變得扭曲，他尖聲叫道：「啊，你可真是偉大的聖人呀！你也有你的罪惡，我知道！你裝得一副智者的樣子，私底下卻跟我和所有人一樣，附著在相同的污穢上！你是一隻豬，跟我一樣是隻豬。我們全都是豬！」

我轉身就走，把他留在原地。他跟在我後面走了兩三步，然後停下腳步，轉身跑走。一種類似同情和厭惡讓我感到不舒服，我擺脫不了這個感覺，直到我回家，在我的小房間裡把我的幾幅畫放在四周，帶著誠摯的渴望，沉醉在自己的夢裡為止。這時，我的夢再度光臨，我夢到家門和徽章、母親和那位陌生的女人，這個女人的特徵清楚可辨，於是我開始動手畫她。

幾天後，這幅畫在恍惚如夢中完成了。到了晚上，我把她掛在牆上，然後把檯燈移到她面前。我面對她有如面對一個聖靈，連做抉擇也都必須跟他抗衡的聖靈。畫中的面孔和之前的畫很類似，和我的朋友德密安也非常相似，某些特徵甚至像我。其中一隻眼睛顯然比另一隻眼睛更高，她的眼神越過我，全神貫注地凝視，充滿命運的意味。

我站在這幅畫前，內心的疲倦讓我發冷，冷進了心坎裡。我質問這幅畫，我譴責它、愛撫它、向它禱告；我稱呼它母親，我呼稱它情人，稱呼它婊子和妓女，稱呼它阿布拉克薩斯。我突然想起皮斯托利斯說過的話。或者是德密安說過的話？我不記得究竟是誰說的了，但我彷彿又聽到它們。那是關於雅各與上帝的天使搏鬥的故事，「你不給我祝福，我就不容你去」。

每當我祈求，檯燈照射下的這幅肖像便不斷幻化著。它時而明亮閃閃發光，時而黑暗陰沉；它時而閉上灰白的眼皮，消失了眼神，時而張開眼皮，露出熾熱的光芒。它是女人，是男人，是女孩，是小孩，是一隻動物；它漸漸模糊成一個斑點，然後又變得巨大且清晰。最後，我聽從內心一股強烈的呼喚，閉上雙眼，在我內心深處看這幅畫，它變得更鮮明了。我想要跪倒在它面前，但是它已經如此深藏我心，以致於我無法讓它跟我分離，彷彿它已變成許許多多的我。

我聽到一陣暗沉的呼嘯，彷彿是春天裡颳起的風暴，這種從未有過的感覺實在難以形容，我被自己的恐懼，和眼前的體驗嚇得發抖。星辰在我面前閃耀、熄滅，回憶返回到了最初的、幾乎被遺忘的童年，甚至我尚未進化的時期和形成的階段，過去的回憶推擠地流過我的身邊。這些回憶似乎在重現我的生命，直到最祕密的深處，但是卻沒有停止在過去和今天，而是繼續前行，反映著未來，把我從今天拖走，進入新的生命形式；這個生命形式的意象極為明亮且充滿魅力，然而之後，我卻一點印象也不記得了。

夜裡，我從熟睡中清醒。我橫躺在床上，身上的衣服未換。我點燃燈火，我必須去回想一件重要的事，卻連幾個小時前發生的事情都想不起來。記憶逐漸回來。我尋找這幅畫，它已經沒有掛在牆上，也不在桌上。我記不清楚究竟是我把它燒了，還是那只是一場夢？夢裡我把它拿在手中燒毀，把灰燼吞了下去。

極度的惶恐驅使著我，我戴上帽子，衝出屋外來到馬路上，彷彿受到什麼東西追逼。我一直奔跑，穿過大街小巷，越過廣場，好像被一陣狂風吹著跑。我在我朋友那座昏暗的教堂前停下來諦聽，我在黑暗的慾望中瘋狂地尋找，卻不知道究竟在尋找什麼。我經過一處妓女戶林立的區域，有些窗戶還亮著燈光。更遠處是新建築和成堆的瓦礫，有些地方還覆著白雪。在莫名的壓力下，我像一個夢遊者穿過一片荒地，這時，我突然想起家鄉那座新蓋好的建築，我的施虐者克洛摩第一次找我出來算帳，就是把我帶到那裡。在夜晚晦暗的光線中，我看見一幢類似的建築物矗立在眼前，黑色的門孔彷彿張開口正對著我，吸引我進去。我想逃避，卻被沙子和瓦礫絆了一跤；我內心的一股渴望愈發激烈，我覺得我必須進去。於是，我越過木板和碎裂的磚塊，踉踉蹌蹌走進荒蕪的屋內，潮濕冰冷的石頭散發難聞的氣味。裡頭有一堆沙子堆在地上，一點點灰亮，除此以外是一片黑暗。

這時，一個驚慌的聲音叫道：「老天哪，辛克萊，你從哪兒來的？」

有個人影從黑暗中站了出來，是那個矮小瘦弱的男孩，像個鬼魂似的，我大吃一驚，認出是我的同學，克瑙爾。

「你怎麼來這裡的？」他激動得像要抓狂了。「你怎麼找到我的？」

我不瞭解他在說什麼。

「我沒有在找你。」我昏昏沉沉地說，每個字都讓我感到吃力，費勁地從我精疲力竭的、沉重的、有如冰凍了的嘴唇中說出來。

他呆呆地盯著我。

「你不是在找我？」

「沒有。我是被吸引過來的。你有呼喚我嗎？你一定呼喚了我。你在這裡做什麼？現在可是深夜啊。」

他伸出瘦弱的手臂使勁地抱住我。

「對，是深夜。不久黎明即將來臨。哦，辛克萊，你沒有忘記我！你可以原諒我嗎？」

「原諒你什麼？」

「啊，我曾如此惡劣地對待你！」

這時我才想起我們的談話。那是發生在四天或五天以前的事？我感覺好像已經過了一輩子。我突然恍然大悟，明白我們之間發生的一切，明白我為什麼會跑到這裡來，明白克瑙爾出現在這裡的意圖。

「原來你打算自殺呀，克瑙爾？」

他又冷又怕地打了一個寒顫。

「沒錯，我想自殺。我不知道是否辦得到。我想先等到天亮再說。」

我把他拉到了外面。黎明的第一道光照射在灰色的大地上，顯得非常冰冷而無精打采。

我抓住這個男孩走了一段路，我的內心對自己說：「現在你回家去吧，什麼也不要對人說！你只是也走錯了路！我們也不是如你所想的是豬。我們是人，我們創造了眾神，並且跟他們搏鬥，而他們為我們祝福。」

我們默默不語地往前走，然後分開。我回到家，天已經亮了。

St城生活最美好的收穫，是我和皮斯托利斯一起度過的時光，無論是在教堂的管風琴旁，或是在他房間裡的壁爐前。我們一起閱讀關於阿布拉克薩斯的希臘文文章，他會念一段《吠陀》[16]的譯文給我聽，教我念神聖的「嗡」（Om）音。然而，在我內心支持我的並不是這些偉大的知識，相反的，讓我感到滿足的是我內在的進步。我愈來愈信賴自己的夢、自己的思想和靈感，愈來愈瞭解我自身所擁有的力量。

我和皮斯托利斯非常瞭解彼此。我只需強烈地想著他，便能確定他或他的祝福會來到我身邊。我可以問他任何事，就像問德密安一樣，卻不需要他本人在我身旁：我只要堅定地想像他，把我的問題化為強烈的意念指向他，接著所有問題就會組成心靈力量變成答覆，回到我這裡。只是我想像的那個人不是皮斯托利斯，也不是馬克斯．德密安，而是我夢到並畫下來的那幅半男半女的畫像，那個被我呼喚的惡魔幻像。現在它不只在我的夢中，或紙上，而

16《吠陀》：Veden，印度最古老的聖典。

已經住在我的內心，彷彿成為一個理想的我，一個強大的我。

自殺未遂的克瑙爾踏進我的生活後，便出現一個奇特的情況，有時候甚至還很古怪。自從我冥冥中去找他的那個夜晚，他就像一位忠心耿耿的僕人跟著我，或像一隻忠狗服侍在主人身邊，試圖把他的生活和我的生活連結起來，並盲目地跟從我。他向我提出驚人的問題和願望，他想要看到聖靈，想要學習猶太教的神祕教義（Kabbala）。儘管我告訴他我對這一切根本不瞭解，他也不肯相信。他認為我擁有一切能力。不過事情總是這麼奇怪，每當我內心有任何癥結期待解決的時候，他就帶著怪異和愚笨的問題來找我，不料那些無端的突發奇想和請求，卻帶給了我啟示和動力，讓我的問題迎刃而解。他老是令我感到厭煩，我蠻橫地支開他，卻感覺到他也是冥冥中被派來找我的，我帶給他的東西總是從他那邊得到雙倍的回饋。對我而言，他也是一位引導者，或是一條道路。他帶給我看的書籍和文章都很棒，他從中尋找他的拯救，這些書也讓我獲益匪淺，比我此刻覺悟到的更多。

後來，克瑙爾和我不知不覺變得疏遠了。我不必再和他爭辯，但是我和跟皮斯托利斯之間的爭辯卻仍進行著。我在St城讀書的最後一段時期，還跟這位朋友經驗了一些奇特的事。

人在一生中，總會有那麼幾次與尊敬和感謝這些美德相衝突，就連心地善良的人也幾乎無可避免。每個人遲早會走到跟他父親、老師分離的點上。每個人都必須感受一些寂寞的煎熬，大部分人都無法忍受，於是不久又再度和他人建立聯繫。我和父母及他們的世界——美好童年的「光明」世界分離，並沒有經歷激烈的戰鬥，而是以幾乎覺察不到的方式，漸漸跟他們愈來愈疏遠。我為此感到難過，返鄉作客經常是痛苦的時刻。但它並沒有刺傷我的心，我還可以忍受。

然而，當意識突然清楚地展現，內心重要的思緒即將遠離我們的摯愛——我們不是出於習慣而是意志獻出愛和敬畏的所在、我們一心想成為追隨者和朋友的所在——那會是極為苦楚和恐怖的時刻。每個背離朋友和師長的想法，都帶著毒刺對準我們自己的心，而每一次反擊都恰好落在我們自己臉上。自認有德行的人會想到「不忠」和「忘恩負義」等字眼，這種譴責有如恥辱的稱謂和烙印，於是有人嚇壞了，不安地逃回童年的道德幽谷，無法相信與父母、師長分離之必要，這層牽絆必須被斬斷。

我把皮斯托利斯視為絕對的引導者，然而隨著時間過去，我逐漸對這個想法產生反感。在我少年時期最重要的幾個月裡，我和他建立友誼，我得到他的建議、他的安慰、他的接納。神透過他對我說話，我的夢透過他的解釋，又回到我身邊。他給我勇氣，讓我回到我的內心。啊，現在的我卻對他逐漸反抗，反抗的心情日益增長。我在他的話中聽到太多的教訓，我感覺他只瞭解我的一部分而已。

我們之間沒有爭吵，沒有不愉快，沒有絕裂，連一次報復也沒有。我只對他說了一句話，其實不是什麼惡意的話，然而，我們之間的幻想剎那碎裂成片。

這個預感已經讓我心煩了一陣子，直到某個星期日在他的舊書房裡，終於成為清楚的感覺。我們躺在壁爐前的地板上，他談論他正在研讀的祕密宗教儀式及宗教型態，他說他在研究這些東西未來的可能性。我覺得這一切與其說是攸關生命，倒不如說是古怪、似是而非；

它聽起來像是教訓，像是在過往世界的廢墟中無力地探究。這整個形式、這種對神話的狂熱崇拜、這種帶有傳統形式的模仿遊戲，令我突然一陣厭惡感。

「皮斯托利斯，」我突然開口，口吻惡劣到連自己都訝異：「您應該跟我講一個夢，一個您在夜裡真的做過的夢。您現在所說的一切簡直是——簡直是如此該死的過氣！」

他從未沒聽過我這樣說話，而就在同一瞬間，我也感到羞愧和驚恐，我用來射他且正中要害的這支箭，原來就出自他的武器庫——我把偶然聽到他自我嘲諷的話，以加倍惡劣的語氣扔向他。

他立即感受到這股惡意，沉默了下來。我懷著恐懼，一面注視著他，我看到他的臉色變得極為蒼白。

過了一段很長的沉默後，他又往火裡加了木材，平靜地說：「您說得沒錯，辛克萊，您是個聰明人。我是用過時的東西來填塞你。」

他的語氣很平淡，但是我聽得出來他受傷了。看我做了什麼好事啊！

我的眼淚幾乎就要落下，我想誠摯地轉向他，請求他原諒，向他保證我的愛、我溫柔的感激。動人的說辭一一湧上心頭——但是我卻什麼也說不出口。我只是躺在那裡，看著火不語。而他也沒有說話，兩個人就這樣躺著。火小了下去，漸漸要熄滅，隨著每個霹啪作響的火焰，我感覺一些美妙和真摯的東西正在燒毀，逐漸消逝，不會再回來了。

「我擔心您誤解了。」最後我極度壓抑地說道，聲音單調且沙啞。這些愚蠢、無意義的話機械地從我的嘴巴吐出來，彷彿是在朗誦報紙的連載小說似的。

「我完全瞭解。」皮斯托利斯輕聲地說：「您說的很有道理。」他停了一下，然後緩緩地接著說：「一個人會反對另一個人，有時候有他的道理。」

不、不，我的內心吶喊著，我沒有道理！但是我說不出口。我知道短短的一句話，指出了他一個重要的弱點，指出了他的匱乏和傷口。我觸動了他本身的盲點。他的理想「陳舊過時」，他追求過去，他是一個浪漫主義者。我突然明白，皮斯托利斯對我的意義和他給我的一切，正是他所不能成為或給予自己的東西。他為我指引了一條道路，就連這條道路也必須越過他並離開他，離開這位引導者。

啊，天曉得這樣的話是怎麼說出來的！我根本沒有惡意，也不知道會造成災難。我講了一些話，說出這些話的當下，我卻完全不曉得這些話的意義。我被一個小小的、有點幽默、有點惡作劇的想法所驅使，而它卻變成了命運。我犯了一個粗心大意的小錯誤，但對他而言，卻是一個審判。

哦，當時我多麼希望他會生氣、會為自己辯護、對我高聲怒罵呀！可是他什麼都沒做，而我必須在內心自行處理這一切。假如他還有辦法微笑的話，他會在臉上露出笑容。但是他沒有，這讓我更看出自己傷他有多深。

從我這個莽撞、不懂感激的學生這裡，皮斯托利斯默默接下這個打擊；他保持沉默，並把權利讓給我，他把我的話視為命運。這樣一來，他使我的輕率變得千百倍嚴重，我更加厭惡自己了。當我猛力揮擊，以為自己打中的是一個強者，一個驍勇善戰的人，沒想到竟然是一個默默忍耐的人，一個默默投降、無力抵抗的人。

在漸漸熄滅的爐火前，我們躺了很長一段時間，每個熾熱的形體，每根變彎了的柴火，都喚起記憶裡那些愉快、美妙、豐富的時光，也讓我對皮斯托利斯的愧疚愈來愈深。最後我再也受不了，起身離開。在他門前徘徊了一陣，在昏暗的樓梯間逗留，在屋外等了很久，看看他是否會追出來。最後我終於離開，我不斷地奔跑，經過了城裡和郊區、公園和森林，直到晚上。我第一次感覺到自己額頭上有著該隱的記號。

慢慢地，我才把整件事思考清楚。起先，我所有的念頭企圖譴責自己、為皮斯托利斯辯護。沒想到一切卻以相反的結果收場。我曾經千百次準備要為我的快語懺悔，要收回它，然而它畢竟已經成為事實。現在我才真正瞭解皮斯托利斯，並得以看到他全部的夢。這個夢是要當一位牧師，宣揚新的信仰，賦予鼓舞、愛，崇拜新的形式，建立新的象徵。但是，這不是他的力量，也不是他的職責。他太熱衷於停留在過去，對於以前的事情瞭解得太過仔細，關於埃及、印度、密特拉神[17]、阿布拉克薩斯的一切，他知道了太多。他的愛受限於古代世界的意象，同時他內心深處也知道，這個新信仰必須是嶄新的，它必須源自新鮮的土壤，而不是源自圖書館收藏的文物。也許他的職責是協助人們，引導人們找到自己，就像他幫助我找回自己一樣。然而，給予人們從未有過的事物、為人們創造新的神，那並非他的「職責」。

此時，一個突如其來的領悟，有如一道熊熊的火焰在我身上燃燒：每個人都有一項「職責」，但是他卻不能依照自己的意思來選擇、規範、管理這項職責。追求新的神是錯誤的，想要給世界加添什麼根本大錯特錯！一個成熟的人沒有任何職責，除了這個：尋找自己，堅定地成為自己，不論走向何方，都往前探索自己的路。這個體會深深撼動了我，對我而言，它是這次經歷的結果。我想像自己的未來，我曾夢想屬於我的角色，也許是個作家，是個先知，或者畫家，或其他職業。但這一切都不對。我不是為了寫作、為了布道、為了畫畫而來，不管是我或任何人都一樣。這一切只是附帶產生的。每個人真正的職責只有回歸自己。

17 密特拉神：Mithras，波斯與印度的太陽神。

他最後死去時的身分，可以是個作家或瘋子，可以是個先知或罪犯——但這些不是他的職責，無關緊要。他的職責是：找到自己的命運、不是一個隨意的命運，而且在那之中盡情生活，全心全意、不受動搖地生活。除此之外，其他一切都不完整，是一種逃避的企圖，是想要逃回群體的樣板中，是為了適應自己內心的恐懼。

新的意象莊嚴神聖地浮現在我眼前，我曾經無數次預感過，或許還時常講出來，卻直到現在才有所體驗。我是大自然創造的成就，這個成就也許進入未知、也許進入新事物、也許進入空無。讓這個成就從最底層開始產生作用，在我身上感覺它的意志，並把它完全變成我自己的意志，這才是我的職責。只有它才是我唯一的職責！我已經嚐遍孤寂，現在我預感到未來還會有更深刻的孤寂，而且不容我擺脫。

我沒有試著與皮斯托利斯和解。我們還是朋友，不過兩人之間的關係已經變了樣。我們只有一次談到那件事，其實是他開口提起。他說：「我希望當牧師，這你已經知道。我最想當新信仰的牧師，對這個新信仰我們已有一些預感。然而我不可能成為牧師——我自己曉得，而且已經知道很久，卻不願意完全承認。我可能會擔任其他性質的職務，也許負責管風琴，或說不定其他事。但是我必須被一些我感覺美好和神聖的東西所包圍，我需要管風琴音樂，需要神祕的宗教儀式，需要象徵和神話，不願意放棄它們。這是我的弱點。因為有時候我知道，辛克萊，我知道我不該擁有這樣的願望，它們是奢侈，也是缺點。假如我可以不帶要求、完全聽任命運安排，那將會變得更棒、更正確。但是我做不到；這是我唯一辦不到的事。也許您還有能力這麼做。它很困難，它是唯一的困難，我的孩子。我經常夢到這些，可是我不能這麼做，我感到毛骨悚然；我沒辦法如此赤裸和孤獨地生活，我也是一隻貧窮、虛弱的狗，這隻狗需要溫暖和食物，偶爾也想要和同類親近。任何人如果只要命運，不要其他東西的話，他就不再擁有同類，會變得相當孤獨，圍繞他身邊的只有冰冷的世界。您知道耶穌在客西馬尼園的故事，曾經有殉道者自願被釘死在十字架上，可是就連他們也不是英雄，沒有得到解脫；因為他們仍然嚮往家鄉的熟悉事物，他們擁有典範，他們擁有夢想。只想要命運的人，既不能再有典範，也不能再有夢想，他沒有愛、沒有安慰！這其實是一條必然的路。像我和您這種人本來就孤獨，可是我們還擁有對方，我們還擁有祕密的方式來處理、來反抗或追求獨特。一個人假如要完全走這條路的話，連這些都必須拋棄。他也不可以想要成為革命者、成為榜樣、成為殉道者。這是超乎想像的——」

不錯，它超乎想像。但是它可以被夢想，可以被探索，可以被預測。當我在全然寂靜的片刻，有幾次我感受到它了。然後我望向自己的內心，看到我的命運意象敞開凝視的眼神。它們可以是充滿智慧，可以是充滿瘋狂，可以散發愛意或強烈的惡意，對我來說都一樣。人不可以去選擇它們，也不可以去想望它們。人只能想望自己，只能想望自己的命運。皮斯托利斯扮演引導者，帶領我往前走了一大段路。

在那些日子中，我像個失明的人四處闖蕩，狂風在我的內心怒吼，每一步都很危險。我只看見深不可測的黑暗在我眼前，以往所有的道路都在這片黑暗中迷失且沉陷。而在內心深處，我看到引導者的意象，他與德密安相似，我的命運就出現在他的眼神當中。我在一張紙上寫下：「我無法獨自前進，請幫我！」

我想把它寄給德密安。然而我放棄了；每次當我想要寄出去的時候，它總是看起來那麼幼稚可笑，沒有意義。但是我把這個小小的祈禱背得很熟，時常在心裡默念著。它隨時隨地跟著我。我開始瞭解祈禱是什麼。

我的中學生活結束了。父親認為我應該在假期裡去一趟旅行，然後就應該上大學了。我不曉得該念哪一個科系。我被准許先去念一學期哲學，至於其他科系對我而言同樣無所謂。

7. 夏娃夫人

假期中，我去了一次馬克斯・德密安幾年前跟他母親居住的地方。一位老太太在花園裡散步，我跟她聊起來，得知她是這幢房子的主人。我問了德密安家的事，她對他們印象深刻，但是她不知道他們現在住在哪裡。她感受到我的好奇，於是帶我進屋去，找出一本皮面的相簿，給我看一張德密安母親的照片。我幾乎不知道她的長相，可是當我看到這張小小的照片，心臟幾乎要停止跳動。這不就是我夢中的圖像！就是她，這位高大、幾乎像男性的女人，跟她的兒子很像；她有慈母的特徵、嚴厲的特徵、熱情的特徵，漂亮且有魅力，美麗卻難以接近；她是魔鬼也是母親，是命運也是情人。這就是她！

當我發現我夢中的圖像竟然活在這個世界上，我突然感到一陣驚狂！確實有一個女人看起來如此，她帶著我命運的容貌！她在哪裡？她究竟在哪裡？而且她是德密安的母親。

不久，我踏上我的旅途。這是一趟特殊的旅途。我毫不停歇地從一個地方到另一個地方，順從自己的衝動而行，到處尋找這個女人。有些時候，我碰到好幾個讓我想起她的女人，她們跟她相似，她們跟她一樣，她們吸引我穿過陌生城市的大街小巷，穿梭在車站中，坐在火車裡，有如置身錯綜複雜的夢境。也有一些時候，我覺悟到自己的尋覓只是一場徒勞，於是我無所事事地坐在公園裡、在旅館的花園中、在等候大廳裡，往我的內心尋找，試圖讓這個圖像在內心顯現出來。但它卻變得羞怯且倉促。我無法入眠，只有在旅途中的火車上才偶爾可以打個盹。有一次在蘇黎世，一個女人跟蹤我，那是一個漂亮、有點放蕩的女人。我幾乎不看一眼就繼續往前走，當她是空氣似的。若要我對另一個女人感到興趣，即使只是短短一小時，要我注意其他女人，我寧願馬上死掉。

我感覺我的命運正拉著我前進，我感覺到願望即將實現，而我對自己的束手無策感到極不耐煩。曾經在一個火車站，我想是在茵斯布魯克（Innsbruck），在一列正要開走的火車車窗外看到一個人，這個人讓我想起她，我一整天都悶悶不樂。到了夜晚，這個人突然又出現在我夢裡。我的追尋多麼愚蠢，毫無意義，我帶著一股羞愧和空虛醒過來，於是動身回家了。

幾個星期以後，我在 H 大學註冊。大學裡的一切讓我很失望。我修習的哲學史講座，就和其他所有大學生活動一樣，盡是空洞乏味。一切都在依循同樣的模式，每個人都在做一模一樣的事情，顯現在稚氣臉龐的那種被激起的歡樂，竟是如此憂鬱空虛，毫無生氣！但是至少我是自由自在，整天的時間都是自己的。我住在城郊一幢舒適的舊屋裡，過著平靜的生活。我的桌上放了幾本尼采的書，我跟他一起生活，感受他心靈的寂寞，預感到不斷驅使他的那個命運，跟他一起受苦。曾經也有人如此堅持走自己的路，對此我感到開心。

有天夜晚颳起了秋風，我走進城裡閒逛。一陣陣學生們的歌聲從酒館裡傳出來，一縷縷菸草的煙霧從打開的窗戶中飄散出來，他們的歌聲嘹亮簡潔，然而聽起來不夠輕快，而且呆板劃一。

我站在一處街角，聽著兩家酒館裡年輕人的嬉鬧，他們一直狂歡到深夜。到處都有人群聚集，到處都是群體生活，到處都有人逃避自己的命運，為了溫暖而逃回群體裡！

有兩位男子從我身後慢慢走近，我聽到他們的一段對談。

「那不就完全像是非洲村落裡的少年窩一樣？」其中一個人說。「完全正確，甚至連刺青都是時尚。您瞧，這就是歐洲的年輕人。」

我覺得這個聲音聽起來帶有濃厚的說教意味，感覺相當熟悉。我跟在兩人後面走進一條黑暗的巷子。其中一個是日本人，身材矮小，卻很時髦，在路燈照射下，我看見他黃色的臉龐正在微笑。

這時候，另一人開口說話了。

「其實，您們日本的情況也沒有比較好。那些沒有追隨人群的人，都被看成奇怪的少數。這裡也有一些這種人。」

他講的每一個字，伴隨欣喜和驚愕向我襲來。我認識這個講話的人。那是德密安。

在這颳風的夜裡，我跟隨他和這名日本人穿過黑暗的街道，傾聽他們的對談，享受德密安的語調。他的語調跟以前一樣，依然充滿昔日的安全感和平靜，它對我有影響力。現在一切又回歸美好。我找到他了。

在城郊一條路的盡頭，日本人向他道別，拿出鑰匙打開門。德密安轉過頭來，我停住腳步，站在路中央等他。我看著他迎面走來，筆挺、有力，他身上穿著咖啡色雨衣，手上挽著一支細枴杖。我的心臟怦怦地跳，一直看著他。他踩著不急不徐的步伐，直走到我正前方，脫下帽子，露出昔日那張聰明的面孔，嘴角依然堅定，寬額上依舊明亮無比。

「德密安！」我叫了出來。

他向我伸出手來。

「原來是你啊，辛克萊！我在等你。」

「你知道我在這裡？」

「我不太知道，可是我確實如此盼望著。我今晚才看到你，你一直在跟蹤我們。」

「原來你馬上就認出我了？」

「當然，雖然你有了改變，可是你還擁有那個記號。」

「記號？什麼記號？」

「如果你還記得的話，以前我們把它稱為該隱的記號。因為這個記號，我們才成為朋友。而現在這個記號變得更清楚了。」

「我不知道，或者其實我曉得。德密安，有一次我畫了一張你的肖像，而讓人吃驚的是，那張肖像跟我很像。是因為這個記號嗎？」

「正是它。現在你來了，很好！我的母親也會很高興的。」

我嚇了一跳。

「你母親？她在這裡？可是她根本不認識我啊。」

「哦，她知道你的事。即使我沒跟她講你是誰，她也會認出你的。我已經很久沒有你的音訊了。」

「哦，我常常想要寫信給你，但是我辦不到。我已經有好一段時間，感覺自己必須很快找到你。我每天都在期待。」

他勾起我的手臂，跟我繼續走。他身上散發出來的那股平靜，也感染了我。我們很快地聊起天來，就跟以前一樣。我們回憶中學的時光，堅信禮的課程，還有假期當中那次不愉快的聚會。可是即使如此，我們依舊不提我們兩人之間最初且最密切的事——有關法蘭茲·克洛摩的那段往事。

我們馬上又談到那少有人提及的預言式話題。延續著德密安和那位日本人的對談，聊起大學生生活，從而又聊到看似遙遠的其他事情；然而德密安的話，總能彼此相關聯。他講到歐洲的精神和這個時代的標誌。他說，現在到處都在流行組織、聯合群眾，沒有一處找得到自由和愛。所有這些聯合，從學生團體，合唱團，乃至於國家，都是一種強迫性組合，一種出自害怕、畏懼和逃避困境的結盟，而它的內部卻是腐敗和老舊，幾乎要瓦解了。

德密安說：「聯合是件好事。可是，眼前在各地蓬勃發展的，卻根本不是這一回事。現存的聯合只不過是聚眾的形式而已，那是出自於一種彼此的認定，只能短暫改變這個世界。現存的聯合不過只是聚眾的形式而已。人們為了躲避命運而逃向彼此，因為他們懼怕彼此——於是紳士聯合紳士、工人聯合工人、學者聯合學者！他們為什麼害怕？人只有在跟自己本身無法相處時，才會產生畏懼。他們害怕，是因為他們從來不瞭解自己。是由許多不瞭解自己內心因而恐懼的人們結盟！他們覺得他們賴以為生的準則不再正確，他們覺得自己依照古老的規定在生活，他們的信仰不合乎現代的需要，他們的美德也不合乎現代的需要。歐洲人發展科技、建造工廠已經有幾百年之久！人們精準地知道幾公克的粉末可以殺死一個人，卻不曉得如何向上帝禱告，甚至不知道如何愉快歡喜地度過一小時。你只要看看學生們常去的酒館就知道了！只要看看有錢人常去的娛樂場所就知道了！這些地方毫無希望！親愛的辛克萊，歡樂不可能來自這一切。這些心生恐懼而彼此聯合的人，內心其實充滿了害怕和敵意，對彼此也不信任。他們依戀的理想已經不存在；只要有人提出新理念，他們就用石頭把那人砸死。他們會來的，相信我，他們不久就會來！當然，他們不會『改善』這個世界。不管是工人打死工廠主人，或是俄國和德國朝對方開槍，這些都只是在權位上互換角色而已。但是我們的努力絕不會白費。這顯露了現今理想的不堪一擊，石器時代的眾神將傾倒。現存的這個世界將會死亡，它會毀滅，一定會的。」

「那我們會怎樣？」我問。

「我們？哦，也許我們也會跟著毀滅。人們也可以毀掉我們。只是我們不會因此就結束。在我們之中倖存的人，或者倖免於難的事物當中，未來的意志將聚集起來。人類的意志將顯示，歐洲已經過度發展科技好長一段時間。最後也將會證明，人類的意志與現代各種結盟的意志、國家和民族的意志、社團和教堂的意志絕對不同，因為，大自然希望人類做的事，就存在於每個個體之中，在你我的內心之中。它存在耶穌身上，也存在尼采身上。假如當今的結盟瓦解了，這些重要的潮流便會有發展空間——每天都會有不一樣的呈現。」

我們走到河邊的一座花園前停下來，夜已經很深了。

「我們就住在這裡。」德密安說：「有空來拜訪我們吧！我們非常歡迎你。」

我愉快地走在涼爽的夜裡，順著漫長的路走回去。到處可見學生大聲吵鬧，踉踉蹌蹌地走回他們的住處。我經常感到他們荒唐的歡樂和我寂寞的生活之間的對比，有時會有一種匱乏的感覺，也時常帶著自我嘲諷，從來沒有像今天這樣，這麼多的平靜和祕密力量，讓我感覺到這些學生的生活跟我多麼沒有關聯，這個世界對我是多麼遙遠。

我回想起家鄉的公職人員，一群德高望重的先生，他們念念不忘自己學生時代在酒館的日子，就如同懷念神聖的天堂一樣。他們過度崇拜消失的「自由」、崇拜他們的學生時代，如同作家或浪漫主義者把崇拜獻給童年那般。到處都一樣！他們在過去四處尋找「自由」和「快樂」，卻又感到無比害怕，因為可能會被人提醒自己的職責，被人督促自己該走的路。他們酗酒、狂歡了好幾年，然後與人群接觸，成為一本正經的君子，在各種機關擔任公職。是的，世界敗壞了，我們的世界腐敗墮落，然而相較於其他數百種行徑，學生們的糊塗還不至於那麼愚蠢，還不至於那麼惡劣。

然而當我回到偏僻的住處，準備就寢時，這些想法全都消失了，整個思緒充滿期待，眷戀著給予今天這個偉大的承諾上。只要我願意，明天我就能見到德密安的母親了。就讓那些學生上酒館去吧，隨他們高興在臉上刺青，就讓世界敗壞、等待毀滅吧——這些都與我無關了！我唯一期待的是，我的命運將出現一個新圖像。

我睡得很熟，隔天早上很晚才醒來。新的這一天對我而言，有如一個隆重的節日到來，自從孩童時期的聖誕節之後，似乎就不曾有過這種感覺了。我的內心忐忑不安，卻沒有恐懼。我感覺重要的日子展開了，我看見並感到周圍的世界正在改變，等待，充滿暗示，隆重莊嚴。就連秋天的綿綿細雨也變得很美麗、很寧靜，有如神聖愉快的音樂，充滿節慶的氣氛。外在的世界首次和我的內在世界緊密協調——生活是件值得的事。路上沒有任何一幢房子、一扇櫥窗，或任何一張臉孔能夠干擾我；儘管一切如常，卻沒有日常瑣事的平庸，空虛；一切事物都在期待，以恭敬的態度迎接命運的隨時到來。

當我還是個孩子的時候，每逢重要節慶，像聖誕節和復活節，一到了早晨，那種感覺就像現在一樣。沒想到世界還可以如此美好。我已經習慣生活在自己的內心當中，接受外在對我而言已經失去意義的事實；我以為童年既然已經消逝，世界的色彩也跟著消逝了，人們必須放棄這些誘人的光亮，才能獲得心靈的自由，成為一個男人。此時，我心醉地看到，這一切只是被遮蔽了或者只是被埋藏起來了，即使你已經獲得自由，即使你已經放棄童年的幸福，你還是可以看到世界在閃爍，還是可以品嚐孩子專屬的天真和驚慌。

我又來到郊區的這座花園前，前晚我才和馬克斯．德密安在這裡道別。高大濃密的樹叢後面，依稀有一幢小小的房子，看起來明亮且舒適，一面大玻璃牆的後方是灌木花叢。透過光亮的窗戶，可以看見房子裡深色的牆壁，上頭安放著圖畫和書架。走進大門，是一間開著暖氣的小客廳，一位安靜的老女僕穿著黑色的衣服，繫著白色的圍裙，引導我走進去，幫我脫下大衣外套。

她讓我獨自留在客廳裡。我環顧四周，頓時掉進了我的夢裡。深暗的木板牆上，一扇門的上方，一幅熟悉的畫裱著玻璃黑框掛在那裡，那是我的畫，那張從世界的殼一躍而出、有著金黃色頭的雀鷹。我激動地站在那裡——我的心興奮且痛苦，彷彿我曾經做過、經歷過的一切，一瞬間全都有了答覆，圓滿地回到我身邊。我內心迅速閃過一些影像：我家的房子和門拱上方老舊的石頭徽章，男孩德密安正在畫著徽章的速寫；身為小孩的我，驚恐地捲入克洛摩的邪惡魔力之中；身為少年的我，坐在宿舍的書桌旁，寧靜地畫著我想望的鳥，內心被自己結成的網所迷惑——這一切，截至目前，這一切都在我的內心迴響，都為我的內心所接受、所答覆、所贊同。

我泛著淚水盯著我的圖畫，內心思考著。這時我低下眼睛，因為畫下面敞開的門中間，站著一位高大的女士，身著黑色洋裝。是她。

我一句話也說不出來。這位美麗、令人敬畏的女士，對我露出慈祥的微笑，她的臉龐彷彿毫無時間和年齡的痕跡，完全跟她的兒子相似，而且充滿了意志力。她的眼神讓人滿足，她的問候代表回家。我默默向她伸出我的手，她堅定、溫暖地回握我的雙手。

「您是辛克萊。我馬上就認出您了。非常歡迎您來！」

她的聲音低沉而熱情，我彷彿品嚐美酒一般啜飲著它。我抬起頭來，看著她平靜的臉孔，看進那黑色、深邃的眼睛裡，看她飽滿和成熟的嘴唇，那開闊、高貴的額頭，也帶著那個記號。

「我真是太高興了！」我親吻她的雙手。「感覺我在外面奔波了一輩子，現在終於回到家了。」

她慈愛地微笑起來。

「人不可能回到家。」她和藹地說：「在眾多友善聚集交會時，整個世界看起來確實像是個家園，不過也是短暫的。」

她道盡了我在尋找她的路上所經歷的感覺。她的聲音和她說的話都與她兒子非常相似，卻又相當不同；她更成熟、更熱情、更自然。正如同馬克斯給人的感覺，不具孩子的外表，他的母親也不像是個已有了一個成年兒子的女人，她臉上和頭髮散發的氣息是這般年輕和甜美，她的皮膚如此緊緻光滑，唇色如此美好。眼前的她比在我的夢中更顯君王的威嚴，卻又親切得讓我感覺戀愛的幸福和滿足。

新的圖像出現了。這個圖像中顯露了我的命運，它將不再是嚴酷、不再是寂寞，都不是，而是和緩、充滿歡欣！我沒有做過決定，沒有發下誓願，而來到了一個目的地、一處高點，從這裡看見了未來前景的美好，追求的希望之鄉就在幸福的樹蔭底下，環繞著喜悅的親密花園，就讓它迎面而來吧！我認識了世間的這個女人，啜飲她的聲音、呼吸她的氣息，此刻的我快樂至極。願她是我的母親、情人、女神——只要她在這裡！只要我的道路緊緊依傍著她就行了！

她指著我畫的雀鷹。

「您這幅畫讓馬克斯非常高興。」她若有所思地說：「也讓我很高興。我們一直在等您，這幅畫送來的時候，我們知道您正出發來找我們。當您還是個小男孩的時候，我兒子有一天從學校回來告訴我，學校裡有一個男孩，他的額頭上有記號，他一定會是我的朋友。這個男孩就是您。這一切對您而言並不容易，但是我們對您有信心。有一次您在假期回家，又跟馬克斯碰了面。當時您大約十六歲左右。馬克斯告訴我——」

我打斷她的話：「哦，他連這件事都告訴您了！那是我最糟糕的時期！」

「是的，馬克斯對我說，辛克萊現在正在經歷最困難的階段。他還嘗試著逃進人群之中，甚至成了酒館常客。但是他不會成功的。他的記號雖然被遮蔽，可是會在暗中一直刺痛他。是這樣嗎？」

「是啊，是這樣的，確實如此。後來我發現碧翠絲，然後又認識了一位引導者，他名叫皮斯托利斯。我終於才明白，為什麼我的少年時代與馬克斯如此關係密切，為什麼我拋不開他。親愛的女士——親愛的母親，當時我常常想，我必須結束自己的生命。這條路對每個人而言都是如此艱難嗎？」

她伸手撫摸我的頭髮，有如微風般輕柔。

「誕生總是艱難的。您知道鳥兒從蛋殼裡出來，必須費多大的力氣。您回想一下，然後問自己：這條路真的如此艱難嗎？只有艱難而已嗎？它不也有著美好？您知道還有更美好、更輕鬆的道路嗎？」

我搖搖頭。

「它很艱難，」我如置夢中地說：「它很艱難，直到這個夢來臨為止。」

她點點頭，犀利地注視我。

「對，人們必須找到自己的夢，這樣一來，這條路就會變得輕鬆許多。不過，沒有一個夢可以永遠持續，每個夢都會被新的夢取代，我們不可以想要緊抓任何一個夢。」

我聽了大吃一驚。這難道是一個警告？是在拒絕嗎？不過都無所謂了，我已經準備讓她引導我，不管最後的目標是什麼。

「我不知道我的夢可以持續多久，」我說：「我希望它是永恆。我在這幅雀鷹圖中察覺到我的命運，它有如一位母親，有如一個情人。我只屬於它，別無他人。」

「只要這個夢還是您的命運，只要您對它保持忠誠，它便屬於您。」她嚴肅地說。

我感到極度悲傷，真想就這樣死在這個陶醉的時刻裡。我感覺淚水禁不住自內心湧起，擊潰了我——已經有多久不曾掉淚了！我連忙轉身躲開，走到窗戶旁，淚眼矇矓地望著擺了許多花的遠方。她的聲音在我身後響起，聽起來十分冷靜，卻又充滿溫柔，宛如一只盛了酒的杯子。

「辛克萊，您是個孩子！您的命運疼愛您。假如您保持忠誠，有一天它將會完全屬於您，正如您所夢到的那樣。」

我平撫了情緒，再度轉向她。她握著我的手。

「我有一些朋友，」她微笑地說：「一些相當親密的朋友，他們叫我夏娃（Eva）夫人。您願意的話，也可以這樣稱呼我。」

她帶我到門邊，打開門，指著花園。「您在那兒可以找到馬克斯。」

我茫然、激動地站在大樹下，渾然不知此刻的我比起任何時刻，究竟更清醒，還是更夢幻。我慢慢走進花園裡。這座花園沿著河岸延伸。我終於找到德密安。他裸著上身站在一座敞開的涼亭裡，正在一個懸掛起來的沙袋前練習拳擊。

我驚訝地停下腳步。德密安看起來很健康，寬闊的胸脯，堅強、陽剛的頭部，手臂強壯有力，肌肉緊繃，出自臀部、肩膀和手肘的動作流暢如水，輕鬆而自然。

「德密安！」我叫道：「你在這裡做什麼啊？」

他笑得很快樂。

「我在訓練自己。我答應和那個矮小的日本人比賽摔角，那小子像貓一樣靈活敏捷，當然也很狡猾奸詐。不過，他贏不了我的。我還欠他一個小小的人情。」

他穿上襯衣和外衣。

「你已經見到我母親了嗎？」他問。

「是的，德密安，你有一個真了不起的母親！夏娃夫人！這個名字跟她人完全相配，她是生命之母。」

他若有所思地望著我。

「你已經知道這個名字？小子，你該感到驕傲！你可是第一個讓她在第一次見面提到這個名字的人啊！」

從此，我在這間屋子進進出出就像一個兒子，一個兄弟，也像一個情人。每當走進、關上小門，甚至老遠看到花園裡的大樹，就感到一陣滿足和快樂。外頭是「現實」，是街道和房子，人們和建築，圖書館和大教室——這兒卻是愛和心靈，這裡有童話和夢想。然而，我們絕對不是過著與世隔絕的生活，我們的思想和對談經常活在世界當中，只是在一個不同的場域。把我們和大部分人區隔開來的不是一道界線，而是另一種觀點。我們的職責在為這個世界中呈現一座島，也許是一個典範，無論如何就是預告另一種生活的可能性。我長期孤獨一人，明白嚐過孤獨滋味的人之間可能會建立友誼。看過其他人的聯合，我不再追求幸運的宴席和歡樂的節慶，不再感到嫉妒和鄉愁了。我漸漸融入這些也帶著「記號」的人的祕密之中。

我們這些帶著記號的人，可能被世界視為異類、瘋狂的危險人物。事實上，我們是受到啟示的人，我們是甦醒的人，連死亡都在一個完全清醒的過程中進行，至於其他人面對死亡和尋覓幸福的方法，則是把自己的看法、理想、義務、生命和幸福，與群體結合得牢不可分。那也是死亡，那也有著力量和意義。但是我們認為，我們這些被做了記號的人，將大自然的意志描繪成新的、獨特的和未來的意志，其他人則是活在一成不變的意志中。他們跟我們一樣熱愛人性。但是對他們而言，人性是某種已經發展成熟的東西，人們必須保存它、保護它；在我們看來，人性卻是一種必須尋覓的遙遠未來，沒有人認得這個未來的圖像，也沒有任何地方記載了它的法則。

除了夏娃夫人、馬克斯和我之外，還有些人進行著非常不同的探索方式，他們或多或少屬於我們圈子。他們之中，有人選擇了奇特的道路，為自己確立了不凡的目標，專注在特殊的觀點和任務上。他們有天文學家，猶太神祕教義者，也有托爾斯泰的擁護者，以及各式各樣柔弱的、害羞的、敏感的人，新教的信徒，古印度思想的追隨者，素食主義者等等。其實我們之間並沒有共通的精神，相同的想法只有一個：我們應該尊重他人祕密的生命夢想。其他和我們比較相近的人，尋覓著人類的神祇，回到過去追尋新的夢想象徵，他們的研究經常讓我想起皮斯托利斯的探索。這些人帶來書籍，為我們翻譯古老語言的經典，讓我們看一些古代符號和儀式的圖騰，並教導我們觀察人類至今的理想庫藏，乃由無意識的夢所組成，看人類如何在這些夢中探索、追求未來可能性的靈感。因此，我們認識了眾多美妙的古老世界的神，直到基督教信仰為止。我們熟悉那些寂寞的信徒的自白，我們瞭解各個民族的信仰變化。從所有的收集當中，我們衍生了對這個時代與當今歐洲的批判。歐洲以驚人的毅力，創造出威力強大的新武器，但最後卻在深沉、巨大的靈魂中萎縮，它贏得了整個世界，卻用來毀滅自己。

我們的圈子也包括懷有某些期望的信徒，和救世說的擁護者，有一些企圖扭轉歐洲信仰的佛教徒，托爾斯泰的追隨者，以及其他各個教派。我們聆聽他們的學說，但只把它視為象徵而已。我們這些被做記號的人不需為未來的創造煩惱，任何教派和救世說都已經沒有生命了，都毫無用處。我們唯一承認的義務和命運是：每個人應該完全做自己，符合自然在他身上孕育的本質，並服膺這個本質，不確定的未來准許每個人去創造它想帶給我們的事物。

事實上，由於我們已經明顯感覺到，當前世界即將瓦解，一個新的誕生就要來臨了，種種跡象清楚可辨。德密安有時跟我說：「未來令人難以想像。歐洲的精神就像一隻野獸，她已被束縛得太久了。一旦重獲自由，最初的行動絕對不會優雅迷人。長久以來，她的靈魂被一再否定，一再壓抑。因此，她只要脫困而出，坦途或者彎路都變得無關緊要。那時候，我們的機會來了，人們將會需要我們，不是把我們當作引導者或新的立法者——我們不會在那裡看到新的法則，而是心甘情願地效勞，樂意一起前進，或留在命運呼喚我們前往的任何地方。瞧，一旦理想受到威脅，所有人都準備做出驚人之舉。可是，當一個新的理想，一個新的、也許帶有危險和不祥的成長行動崛起，卻沒有人願意挺身而出。屆時，願意站出來的少數幾個人，就是我們。正因為如此，我們被做了記號——如同該隱被做了記號一樣，為的是激起恐懼和憤恨，把人們趕出狹隘的田園生活，驅使他們前往危險的遠方。所有在人類歷史上發生過影響的人，他們無一倖免，一律為此盡力、效勞，因為他們願意面對命運。摩西和佛陀是如此，拿破崙和俾斯麥也是如此。一個人該為何種潮流服務，又是為何種東西掌控，絲毫沒有選擇。假如俾斯麥瞭解社會民主黨分子並加以迎合，那他可能就成為一個聰明的人，卻不是一個面對命運的人。拿破崙、凱薩大帝、羅耀拉[18]都是如此，所有人都是如此！我們必須經常從生物學和進化論的觀點來思考！當地球表面發生劇烈變化，把水生動物拋到陸地上，把陸地動物拋往水裡，面對命運於是產生了嶄新的典範；牠們能夠執行前所未有的任務，適應全新的環境，因此得以拯救牠們的物種不至於滅絕。我們並不知道這些典範是否出於同一物種，而牠們在牠們的同類中，究竟一向以保守、維持現狀著稱，或善於奇招和變革取勝。我們知道的是，牠們有所準備，因此牠們能夠解救自己的物種，進入一個新的進化階段。這就是為什麼我們也應該有所準備。」

在進行這一番對談時，夏娃夫人通常也在場，然而她始終不發表個人言論。相對我們這些表達意見的人，她只是傾聽，她對我們充分信賴和理解，彷彿全部的想法都是她的迴聲，從她而出，又再度返回她身邊。坐近她，聽她的聲音，分享她四周瀰漫的智慧和靈性氣氛，就是我無上的幸福。每當我的內心有了任何變化，有了模糊的念頭或創新的想法，她馬上就能夠感覺到。我覺得，我夜裡的夢都恰似來自她的啟發。我常常把我的夢告訴她，她認為它們非常自然，沒有任何她不解的地方。有一段時間，我的夢就像在複製白天的對談。我夢到整個世界在暴動，我夢見我單獨一人或和德密安在一起，緊張地等待巨大的命運到來。這個

18羅耀拉：Loyola，出生於十五世紀末的西班牙人，為羅馬天主教耶穌會的創始人之一。

命運被遮掩了，但不知為何依稀是夏娃夫人的身影——不管是被她眷顧而選上，或是被她拒絕，都是命運。

有時候她面帶微笑地說：「您的夢並不完整，辛克萊。您忘記最好的部分了。」於是我又突然想起了那些部分，我不瞭解自己為何忘記它們。

我往往感到不滿，受到渴望的折磨。我覺得自己再也無法忍受，她在身旁卻不能擁抱她。這樣的心思被她立即察覺到了。當我消失了好幾天，然後又心煩意亂地再度出現，她會拉我到一旁，對我說：「您不該沉淪在您都不相信的願望中。我知道您的想望。您必須要放棄，或完全接受它們的存在。假如您能夠如此要求自己，確信願望一定會實現，它就會實現。這一切都必須克服。現在，我來說一個故事給您聽。」

她告訴我，有一個少年愛上了一顆星星。少年站在海邊，伸出雙手，崇拜這顆星；他夢到它，他把所有心思都放在它上面。但是他曉得，或者認為自己知道，星星是無法擁抱的。他將之視為他的命運，不抱任何希望地愛著一顆星辰，因此進而創造了一套純粹的生命哲學，涵蓋了放棄、沉默和忠貞的痛苦。這些理應讓他好轉，使他純淨，只是他的夢全都在這顆星星上。有個夜裡，他再度來到海邊，站在高聳的礁石上，望著星星，滿懷對它的愛。就在這渴望的瞬間，他向那顆星星跳去，跳進虛空裡。就在這一跳，他的心裡閃過一個念頭：這是不可能的！他摔得粉身碎骨，躺在海灘上。他不懂得愛。假如在跳的那一刻擁有信心，堅持相信夢想會實現，他就會往天上飛去，和那顆星星結合在一起。

「愛不必請求，」她說：「也不可要求。愛必須成為自己明確肯定的力量。它便不再是被牽引，而是去牽引。辛克萊，您的愛是被我牽引的。假如它來牽引我的話，我就會來。我不想給予禮物，我想被人爭取獲得。」

又有一次，她告訴我另一個故事。那是一個絕望的情人，他把自己完全縮回他的內心，因為自己彷彿被愛燒毀了。他失去了這個世界，再也看不到蔚藍的天空和翠綠的森林，聽不到溪水潺潺，聽不到豎琴的弦樂，一切皆已逝去。他變得不幸且痛苦。但是他的愛仍在增長，他寧願死去和毀滅，卻不願放棄擁有他所愛的美人。他的愛燒毀了他心中的其他一切，變得強大異常，一直牽引著，他覺得這位美女理當跟隨而來。於是她來了，他張開手臂迎接，為了把她牽引到自己身邊。然而，當這位女人站在他面前，卻完全變了一個樣。他帶著敬畏，看到整個原已失落的世界也向自己靠過來。她在他面前，屈從於他。天空、森林和小溪全都有了色彩，生意盎然、美好莊嚴地迎向他、屬於他、說著他的語言。他不僅贏得了美人，內心也擁有了整個世界。天上的星辰在他內心發光，又透過他的心靈閃爍喜悅。他付出愛，同時也找到他自己。而大部分的人，得到愛卻失去了自己。

我自認生命的唯一目標，就是對夏娃夫人的愛。但每天都顯得不一樣。有時候我清楚地感覺到，是我的本質指引我去追求，並不是她這個人，而她只是我內心的一個象徵，唯一的目的是帶領我更深入地去尋找自己。我時常覺得她說的話，彷彿出自我的潛意識，用來回答那些讓我不安的棘手問題。又有些時刻，我在她的身旁抑制不住感官的渴望，於是親吻她觸摸過的東西。感官的和非感官的愛、現實和象徵，逐漸交錯起來。之後，每當在房間裡想著她，平靜真誠地想著，就感覺到她的手放在我的手上、她的唇在我的唇上。否則，我會來到她身旁，看著她的臉，跟她講話，聽她的聲音，但卻分不清她究竟是真實的存在，還是存在於夢中。我似乎有些瞭解，我們如何可以持續、永恆地擁有一份愛情了。每當我從閱讀當中得到一個新見解，這個見解給我的感覺，就跟夏娃夫人的一個親吻一樣。她撫摸我的頭髮，用她那散發著香味的溫暖對我微笑，那感覺就像我的內心獲得進步一樣。對我而言，每個重要的事和充滿命運的事，都為她所接受。她可以變成我的每個思緒，而每個思緒都可以變成她。

一想到聖誕節必須留在家裡度過，我便憂心不已；遠離夏娃夫人兩個星期，必定是種折磨。實際上，它並不痛苦，留在家中想著她，感覺反而好極了。而當回到 H 城，為了享受這種遠離她所帶來的穩定感和獨立味道，我還多等了兩天才去她家。我還做了個夢，夢中我和她的結合方式有了新的象徵：她是海洋，我流動地注入這片海洋中；她是星辰，我也是一顆星，朝向她飛去。我們相互吸引，我們相遇在一起，永遠快樂地在親密的、漂亮的圓圈中，圍繞彼此運行。

當我再次拜訪她時，我告訴她這個夢。

「這個夢很美。」她平靜地說：「把它變成真實吧！」

初春的某一天，這一天我永遠忘不了。我踏進客廳，一扇窗子是開的，溫暖的空氣中散布著風信子的濃厚的香味。屋裡沒有人，於是我上樓到馬克斯．德密安的書房。我輕輕敲一下門，和平常一樣沒等回應就開門進去。房間裡很暗，窗簾全都拉上。通往一旁小房間的門是開的，馬克斯把那個房間布置成化學實驗室。春天的陽光透過雨雲，發出明亮的白色光芒。我原以為沒人在房裡，於是拉開其中一面窗簾。

這時，我看到馬克斯．德密安就坐在拉上窗簾的一扇窗子旁邊的小凳上，身體蜷曲著，樣子很古怪。我的心中閃過一個念頭：這個神情你以前見過！他的手臂動也不動地往下垂，雙手無力地放在膝蓋上，臉微微地向前低下，眼睛張開著，但顯得呆滯，只見一點小小的、耀眼的光芒，宛如一塊玻璃上的反射。那張蒼白的臉孔，陷入沉思之中，除了陰森沒有任何表情，儼然就像坐落神廟大門兩旁的古老動物面具。他似乎沒有在呼吸。

曾經的記憶讓我一陣毛骨悚然——多年前當我還是個男孩，就目睹他出現過這個樣子。他那雙眼睛就像現在這樣往內心凝視，兩隻手有氣無力地垂放著，一隻蒼蠅從他臉上爬過。當時，約莫六年前，他就已經像現在這麼蒼老，這麼永恆，臉上的皺紋也沒有改變。

我突然感到恐懼，於是輕聲走出房間，走下樓去。我在客廳碰見了夏娃夫人。她的臉色蒼白，精疲力竭，我不曾見過她這個樣子。一片陰影透過窗戶飄進來，明亮的陽光霎時消逝了。

「我剛剛去找馬克斯。」我急著小聲說：「是不是發生什麼事了？我不知道他是睡著了，還是陷入沉思，我不知道，我以前看過一次他這個樣子。」

「您沒有叫醒他吧？」她立即問道。

「沒有。他沒聽到我進去，我也很快就離開了。夏娃夫人，請您告訴我他怎麼了？」

她用手背擦著額頭。

「您別激動，辛克萊，他沒事的。他只是退回自己內心一會兒，不會很久的。」

她起身走到花園去，雖然外頭開始下雨了。我感覺我不應該跟著她，於是在客廳裡來回踱步，聞著風信子濃郁醉人的香味，盯著門上方那幅我畫的雀鷹圖，呼吸著這個早晨瀰漫在房子裡的抑鬱。怎麼回事？發生什麼事了？

夏娃夫人不久回來了。雨滴掛在她的頭髮上。她坐到她的沙發椅上，整個人好像相當疲倦。我走到她一旁，彎下身子，親吻她頭髮上的雨珠。她的眼睛清澈平靜，但那雨嚐起來像淚水的味道。

「我該去看看他嗎？」我低聲地問。

她虛弱地微笑。

「別再孩子氣了，辛克萊！」她大聲告誡，彷彿是為了打破她內心的一個魔力。「您馬上離開吧，晚一點再過來，我現在沒辦法和您講話。」

我走了，經過住宅和城裡，往山上跑去。斜斜的細雨迎面飄來，雲層很低，彷彿受到了沉重的壓力。接近地面的地方幾乎沒有風，高空卻颳起了暴風，有好幾次，陰慘的陽光瞬間穿透厚重的灰色雲層，放射耀眼的光芒。

一片鬆軟的黃色雲朵飄過天空，和灰色雲層聚集一起，短短幾秒鐘，風將這片黃色、藍色吹成了一幅圖像，一隻巨大的鳥，從藍色的渾沌掙脫出來，拚命鼓動著翅膀往天空飛去，漸漸消失蹤影。接著，狂風大作，雨水夾雜著冰雹霹霹啪啪降下來。暴風雨襲擊的地區，響起陣陣短促、恐怖、驚人的雷聲，緊接著一道陽光穿透雲層照射下來，附近山上，棕色森林覆蓋的白雪閃閃發亮，很不真實。

幾個小時之後，我全身潮濕，經歷了風吹雨打，我回來了，德密安親自幫我開門。他帶我上樓到他房間。實驗室裡，一盞煤氣燈的火焰正在燃燒，紙張散落一地，他似乎已經在用功了。

「請坐吧，」他邀請地說：「你一定累壞了，真糟糕的天氣，一看就知道你在外面待很久。茶馬上就送來。」

「今天發生了一些事，」我開始吞吞吐吐地說：「不會只是這麼一點雷雨而已。」

他怔怔地看著我。

「你看到了什麼嗎？」

「對，有那麼一瞬間，我從雲朵清楚看到了一個圖像。」

「什麼樣的圖像？」

「那是一隻鳥。」

「雀鷹嗎？是牠嗎？你的夢中之鳥？」

「對，是我的雀鷹。他的身體是黃色的，非常巨大，朝向藍黑色的天空飛去。」德密安深深吸了一口氣。

有人敲門。是老女僕端茶來了。

「請喝茶，辛克萊。我想，你不會是偶然看到這隻鳥的吧？」

「偶然？我們會偶然看到這樣的事物嗎？」

「好，不會。它帶有某種意義。你知道是什麼嗎？」

「不知道。我只感覺到它有一種震撼的感覺，像命運的脈動。我覺得它跟我們大家都有關。」

他激動地來來回回走著。

「命運的脈動！」他大聲地說：「昨天夜裡我也做了同樣的夢，昨天我母親預感的也是同樣東西。我夢到自己爬上一座靠在樹幹或高塔的梯子。當我到達頂端的時候，看到整個大地，一望無際的平原上，城市和鄉村正在燃燒。我記得的還不是很清楚，因此無法完整描述出來。」

「你覺得這個夢是針對你的嗎？」我問。

「針對我？那當然。沒有人會夢和自己無關的夢。可是，你說得沒錯，它不只是和我一個人有關。我可以清楚地區分，顯示我自己內心活動的夢，以及其他那些很少出現的、暗示人類命運的夢。我很少做這樣的夢，從來沒有一個夢，可以讓我肯定地說它是一個預言，而且一定會實現。通常這些暗示很模糊，太不清楚。但是我可以確定，我做了一些不只跟我相關的夢。這個夢其實連結著其他人的夢、是我曾經有過並延續下來的夢。辛克萊，我和你說過的預感，都出自這些夢。我們的世界已經腐壞，這點我們都知道，然而還構不成任何理由來預言它將毀滅。不過，這幾年許多做過的夢，讓我得到一個結論，或者讓我感覺到——舊世界崩壞的事實已經近在眼前了。一開始，它們只是發出微弱、模糊的訊息，可是後來卻變得愈來愈清晰，愈來愈強烈。我只知道某種巨大、可怕的事物正在啟動，也和我有關。辛克萊，我們將經歷那些我們曾經偶爾談過的事！這個世界將要重新誕生了。它有死亡的味道。沒有死亡就不會有新生。它比我預料的還要恐怖。」

我驚恐地看著他。

「你能不能告訴我夢中的細節？」我怯怯地求他。

他搖搖頭。

「不行。」

這時，門打了開來，夏娃夫人走進來。

「你們坐在這裡啊！孩子們，你們該不會是在悲傷吧！」

她看起來容光煥發，所有疲憊業已不見。德密安對她微笑，她朝我們走來，就像母親走向受到驚嚇的孩子一樣。

「我們沒有在悲傷，我的母親，我們只不過是在猜測這個新的預兆，但顯然沒什麼意義。該來的會突然就來，那時候，我們就會知道我們需要知道的事。」

可是我還是心情惡劣，當我告辭後獨自穿過客廳，忽然感覺風信子的味道變得彷彿枯萎、腐爛的死屍氣味。一個陰影籠罩在我們上方。

8. 結局的開始

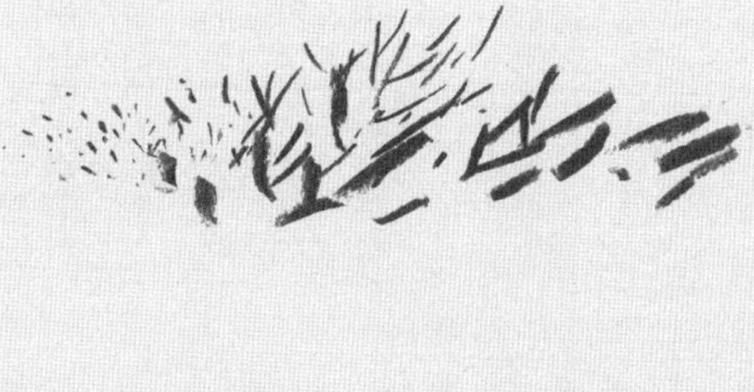

我終於說服父母讓我留在H城過暑假。我和朋友們多半待在河邊的花園裡消磨時間，而不是屋子內。那位在摔角比賽中慘敗的日本人離開了，那個托爾斯泰的擁護者也走了。德密安養了一匹馬，天天努力不懈地練習騎馬。我時常獨自和他母親在一起。

這樣的太平日子，有時連我都感到驚奇。我長久習慣於孤獨、習慣於克制及與煩惱交戰，以致於在H城的這幾個月，簡直就像身處一座夢幻之島，我可以在這座島嶼上過著自在的生活，沉醉在美好、愉快的事物和感覺之中。我有預感，這似乎是我們新結盟的前奏，這個結盟是我們想望的，崇高無比。然而，高興之餘，我常常也有一份強烈的傷感，因為我很清楚這個幸福不會持久。我注定不會生活在圓滿和愜意裡，我需要折磨和倥傯。總有一天，我將會從這些美麗的意象中甦醒，再次孤獨地站在另一個冷酷異境裡，那兒只有寂寞和奮鬥，沒有平靜、沒有輕鬆的生活。

於是我以雙倍的溫柔依偎在夏娃夫人身邊，為我自己的命運還能擁有這些美好、寧靜，感到快樂。

無憂無慮的夏天消逝如梭，暑假就要結束了。即將面對的分離，我不敢去想，也沒有去想，而是像蝴蝶戀著花蜜一樣眷戀著這些美好日子。這曾是我人生的幸福，我生命中第一個圓滿和被接納的結盟——接下來將會如何呢？我將再次艱苦奮鬥、受渴望折磨，擁有夢想、也為孤獨擁有。

某一天，強烈的預感又來到我心中，我對夏娃夫人的愛意突然讓我痛苦萬分。我的老天哪，不久我就要離開，我再也看不到她，再也聽不到她堅定、美好的腳步聲，再也看不到她放在我桌上的花了！而我完成了什麼呢？我沒有努力去贏得她的心，沒有為她戰鬥、將她拉到我身邊，而只是成天作夢，沉溺在滿足中！我突然想到她對我說過關於真愛的種種，無數經典的、勸告的話語，無數溫柔的誘惑，也許是承諾——我在之中完成了什麼？一點也沒有！什麼也沒有！

我站在房間裡，盡力集中意識在夏娃身上。我要集中內心所有的力量牽引她來到我身邊。她必須前來，她一定渴望我的擁抱，我的親吻必須貪婪地在她成熟的唇上翻騰。

我一動也不動，全神貫注，直到手指和雙腳都變得冰冷。我覺得自己的力量耗盡了。有那麼一刻，我內心浮現某種堅定的東西，某些明亮且冰涼的東西；我以為我的心中放了一個結晶體，而且我知道，那是我的我。冰冷延伸到我的胸膛。

當我從可怕的專注中醒來，冥冥中似乎有什麼事要發生了。我已經精疲力盡，但仍然充滿渴望，心醉神迷地期待看見夏娃走進來。

屋外的街道傳來馬蹄聲，愈來愈近，聽起來十分沉重，突然它停下來。我跳到窗戶旁。俯瞰樓下，我看到德密安從馬背上跳下來。我跑下樓去。

「發生什麼事，德密安？該不會是你母親怎麼了吧？」

他根本沒在聽。他的臉色蒼白，汗水沿著額頭流淌下來。那匹馬渾身發熱、冒汗，他把馬繫在花園的籬笆上，然後拉著我的手臂，和我一起順著街道走去。

「你已經知道一些事了嗎？」

我什麼都不知道。

德密安按住我的手臂，臉朝向我，眼神呆滯，間或流露著奇異的憐憫。

「是的，我的老弟，開始了。你應該聽說過有關和俄國的緊張關係——」

「什麼？戰爭開始了？我從來沒想過這件事。」

他說得很小聲，雖然旁邊並沒有其他人。

「還沒宣布，可是戰爭就要來了。你看著吧。我一直沒拿這件事煩你，可是自從那一次後，我已經連續三次看到新的徵兆。這不會是什麼世界末日、不是地震、不是革命。而是戰爭。你會看到它的影響力！這對人們會是一大狂喜，有人已經等不及要開戰了。對他們而言，生活是如此無聊沉悶。——可是，辛克萊，你看到的將會只是一個開始。它可能會演變成一場大戰爭，一場浩大的戰爭。即使那樣，那也只是一個開始，新的開始！對那些戀舊的人來說，新的開始會是可怕驚人的。你打算怎麼做？」

我一陣錯愕，對我來說，這些聽起來很陌生，簡直難以想像。

「我不知道——那你呢？」

他聳聳肩膀。

「只要一動員，我就入伍。我是少尉。」

「你是少尉？我竟然不知道。」

「沒錯，這是我的一種妥協。你知道我向來不喜歡太過醒目，經常費盡心思，以免自己做錯事。相信我，一個星期之內我就會上前線去了——」

「天哪！——」

「好了，老弟，別把這件事想得太感傷。命令人們把槍火對準活人射擊，對我來說可不好玩。不過這些都不重要。現在，我們每一個人都得踏進這個巨輪當中。你也是。你一定也會被徵召入伍。」

「那你母親呢，德密安？」

我想起一刻鐘前的事。這個世界瞬息萬變啊！還是方才，為了懇求最甜蜜的意象，我集中所有精力，而現在，命運卻突然以一個恐怖的面具，充滿威脅地注視我。

「我母親？啊，我們不用擔心她。她很安全，比今天世上的任何人還要安全。——你這麼愛她嗎？」

「你知道這件事，德密安？」

他笑得很大聲，一點顧忌也沒有。

「小老弟！我當然曉得。從來沒有人叫過我母親夏娃夫人，卻沒有愛上她的。再說，那是怎麼一回事？你今天呼喚了她或我，對不對？」

「沒錯，我呼喚了——我呼喚夏娃夫人。」

「她感覺到了。她突然派我來找你。我也把關於俄國的消息告訴她了。」

我們往回走，不再多話。他鬆開馬匹的韁繩，騎了上去。

我上樓回到房間，才感覺到自己有多麼疲累，德密安帶來的消息，尤其是之前的全神貫注，把我折騰得精疲力盡。可是夏娃夫人聽見我了！我用我內心的思想跟她聯繫。她原本會親自過來，要不是——這一切多麼奇特，應該是多麼美妙！現在，戰爭逼近了，我們經常談論的事情即將發生。德密安預先就知道這麼多事情了。世界的流動不再只是從我們身邊經過，它就要從我們心中貫穿出去了。冒險和激烈的命運在呼喚我們，現在或不久之後，這個世界需要我們的時刻就要到來，它要改變的時刻即將到來，多麼奇特啊！德密安說得沒錯，我們不應該感傷地看待它。不可思議的是，我得和這麼多人，和整個世界共同經驗這個非常孤獨的「命運」。好吧，就這樣了！

我準備好了。當晚經過城裡的時候，各個角落騷動不已，到處都可聽見「戰爭」的字眼。

我去拜訪夏娃夫人，我們在花園小屋吃晚飯。我是唯一的客人。沒有人談起戰爭的事。就在我要離開時，夏娃夫人說：「親愛的辛克萊，您今天曾經呼喚我。您知道我沒有親自過去的原因。請您不要忘記：現在您已經知道這個呼喚，只要您需要任何帶有記號的人，隨時都可以再度呼喚！」她站起身來，走進花園的暮色中。這位神祕的女士漫步在沉默的樹叢之間，看起來高大，有如王侯貴族，頭頂上方有許多星星微弱且溫柔地閃爍著。

我的故事來到了結局的部分。一切事情的發展迅速。戰爭很快就來了，穿上銀灰色制服的德密安，是那麼的陌生，他離開我們，前往戰場。我陪著他母親回家去。不久我也跟她道別，她親吻我的雙唇，把我擁在懷裡，她大大的眼眸親密且堅定地凝視我的雙眼。

所有人之間忽然變得情同手足。大家談論著「祖國」和「榮譽」。這是命運，在這個命運當中，看到的全都是用布蒙住的臉。年輕男子從兵營出發，上了火車，而我在許多的臉龐上看到了一個記號——不是我們的那種記號，而是一個美麗的，高貴的記號，它代表愛和死亡。我被許多從未見過的人所擁抱，我瞭解這個擁抱，並樂意回應它。他們是在一種心醉神迷之下，而非在命運的意志裡做這件事，然而這份陶醉是神聖的，也因此令人感動，於是大家都以這種短暫的、覺悟的目光展望命運之眼。

到了我赴戰場的時候，已經將近冬天。

一開始，射擊的確很刺激，讓人興奮，但我仍舊對每一樣事物感到失望。以前，我經常思考為什麼人不能為理想而活。現在，我卻看到許多人甚至全部的人為一個理想而死。不過它不是一個個人自由選擇的理想，卻是大家所共同約定的理想。

我逐漸發現我低估了人們。雖然職責和共同的危險把他們變得整齊劃一，然而我也看到許多人，活人或死人，堅毅地接近命運的意志。許許多多人不僅在進攻時，在任何時候，眼神裡都顯得堅定和忍耐，彷彿著了魔，沒有目標，全然獻身於神祕的驚人之舉。不管這些人相信的是什麼，或者想要的是什麼，他們都準備好了，他們是有用的，未來將從他們之中成形。當這個世界愈是一心一意迎合戰爭和英勇、迎合榮譽和其他陳舊的理想，每個虛偽的聲音聽起來就愈遙遠，愈可疑。這一切都只是表面，關於戰爭外在的和政治的目的，同樣也是停留在表面。某種事物，某種類似新的人性的東西正在發展成形。因為我看到許多人——其中有些人就死在我身旁——已經強烈理解到，怨恨、憤怒、殺人、毀滅，這些與對象並沒有密切關係。這些對象和這些目的，完全是偶然的事物。最原始的感覺，甚至最激烈的感覺，都不是針對敵人而發；他們的殺戮只是內心的抒發、心碎的投射，因而想要發怒、殺人、毀滅和死亡，為的是能夠重新誕生。一隻巨鳥奮力衝破蛋殼，這顆蛋是這個世界，而世界必須毀滅。

一個初春的夜晚，我在我們佔領的農莊前站崗。風忽強忽弱地吹了過來，一大群雲朵騎過高聳、比利時佛蘭德的天空，月亮躲在某處。我一整天惶恐不安，被某種憂慮所困擾。此刻，我在黑暗中真摯地回想著長此以往的生命圖像，想著夏娃夫人，想著德密安。我站在那裡，靠著一棵白楊樹，凝視著騷動的天空，它隱約閃爍的光芒，不斷換化著巨大的連環畫面。我的脈搏異常微弱，皮膚面對風雨毫無知覺，內心卻無比清醒，由此種種我感覺到，有個引導者正在我附近。

雲朵之中，可以看到一座大城，上百萬人潮從那裡湧出來，成群結隊地散布開來。在他們之中出現了一尊高大的神像，她的頭髮上閃爍著星辰，她有如一座山脈般巨大的洞穴，帶有夏娃夫人的特徵。人群湧進這個形象裡面，彷彿進入一個巨大的洞穴一樣，然後消失不見。這位女神彎身蹲下，額頭上的記號閃爍著光芒。她似乎在作夢；她閉上雙眼，高貴的面容有著掙扎的痛苦。突然，她高聲驚叫，星星從她額頭上跳了出來，數也數不盡的明星，它們在黑暗的天空中，精采美妙地舞著曲線，不停畫圓。

其中一個星星帶著巨響向我呼嘯而來，似乎前來找我。它隆隆作響，爆裂成上千的火花，它把我拋向空中，又把我摔回地面，轟然聲中，世界在我頭頂上方瓦解了。

我被發現在白楊樹附近，身上滿是泥土，還有傷口。

我躺在地下室裡，砲火在我上方怒吼。隨後，我躺在一輛車子裡，顛簸駛過空曠的原野。我大半時間都在昏睡，或處於無意識狀態。可是一旦睡得愈沉，我愈強烈感覺到某種東西牽引著我；一股控制我的力量帶著我走。

我躺在一個草棚裡，裡頭很昏暗，有人踩到我的手。可是我內心想要繼續前進，把我更用力地拉開。我又坐在一輛車子裡，然後上了一個擔架或梯子，我深深感到自己被命令去某處；自己什麼感覺也沒有，只有必須前往的緊迫感。

我終於到達了目的地。那個夜晚，我完全清醒過來，感覺這股牽引力和緊迫感。我躺在一個大廳裡，被放置在地上。我感覺我來到呼喚自己的地方。我四處張望，緊靠著我床墊的是另一張床墊，上面躺了一個人，他俯身注視著我。他的額頭上有記號。他是馬克斯・德密安。

我說不出話來，而他也說不出話來，或是不想說話。他只是盯著我看。牆上吊燈的光影照在他臉上。他對著我微笑。

他注視我很長一段時間，然後慢慢把臉靠近我，直到我們幾乎碰在一起。

「辛克萊！」他輕聲地說。

我用眼睛向他示意我瞭解他。

他又笑了，有些可憐的樣子。

「小伙子！」他微笑地說。

他的嘴離我的嘴非常近。他小聲地繼續說。

「你還記得法蘭茲・克洛摩嗎？」他問。

我對他眨眨眼，也露出微笑。

「小辛克萊，你要自己小心！我必須離開了。你可能還會需要我的幫忙，來對付克洛摩或其他人。當你呼喚我的時候，我無法再那樣趕來了，無論是騎馬或坐火車。你必須傾聽你的內心，然後你會察覺我就在你的內心。你懂嗎？而且還有一件事！夏娃夫人曾說，假如你生病了，我得代替她給你一個親吻，這個吻是從她那裡來的……閉上你的眼睛，辛克萊！」

我順從地閉上雙眼，感覺一個輕柔的吻落在我的唇。我的唇上還有一些鮮血，不曾止住。然後，我睡著了。

隔天我被叫醒起來包紮。當我完全清醒，立刻向隔壁的床轉身過去。上頭躺著一個我從未見過的陌生人。

傷口很痛。從那時起，在我身上發生的一切都很痛。可是當我偶爾找到鑰匙，進入自己的內心，命運的圖像就隱藏在一面黑暗的鏡子裡，我只需要俯身去看，便可看到自己，它已經完全像**他**了，**他**，我的朋友，我的引導者。

出自遺物的斷簡殘篇

致友人

你們儘管取笑吧，朋友，儘管取笑我、痛罵我吧！我確實又走回昔日的小徑，一直不斷地走。你們稱它叫多愁善感，稱它是幼稚行為，然而我依舊走這條路。我不知道你們有什麼樣的夢，什麼樣的神話，什麼樣的聖禮，什麼樣到達傳奇的祕密方式。對我而言，無論是通往神祕的方式，或是邁向成熟的道路，都得不斷經過童年的傳說。

你們說，這條路不會引導往前，而是導向退後，而且我們的目標是成為男人，不是再度成為孩子。但是，耶穌卻從天國說，你們若不變回小孩子，斷不得進天國。那麼，在這個無窮盡的世界當中，我們之中有誰能夠斷言哪一條道路是引導往前，哪一條道路是導向退後呢？

我發現了許多回到童年的方式。在其他事情上我很少像這樣花費這麼多的細心、這麼多的愛和努力、這麼多的堅持和追求。因為一直到我生命的某個點上，我和今天大部分人一樣：我的童年在不知不覺間幾乎被完全遺忘。我所能回想到的童年，幾乎全是我以為我記得的，或是別人敘述給我聽的部分：我曾在這個城市或那個城市住過、我曾經得了這個病或那個病、祖母過世、我折斷手臂等等。一切皆出自二手訊息。然而我所知道童年的那些原始的、經歷過的、有生命的部分，卻變得沉默及難以到達；它們成了一個遙遠神祕的聲調，一種微弱和難以形容的味道。

我花了很長的時間，才看到我從前的傳說再度顯現出來，不過卻只是片段和預感。如果我想要從這片黑暗當中找到某些事物，我必須探索許多方法。

睡眠中的夢便是其中一種方法，這些夢卻很快地被我們遺忘。我在許多夜夢中找到童年，在那個沉沒的世界中發現小小的瓦礫和碎片：一張臉，一個名字，一個輕微、消失的痕跡。它們不容易辨識，時常是陌生得難以理解。我們的夢很難看得清楚，可是幾乎每一個夢都包含著一個角落、一個影子、一個形象、一個字，童年就潛藏在這些事物當中。我無數次地努力探究它們、喚醒它們。

觀察孩子也是找回遺忘童年的方式。你不必追問他們、不必和他們說些什麼，你只需看著他們，傾聽他們。一個小孩坐在樓梯上，沉醉入迷般呆滯地沉思，手指有節奏地輕拍那哼唱的嘴唇，或者凝視一道飛舞著灰塵的陽光。誰若能好好傾聽、仔細觀看，便可從中學到許多事物。

氣味和味道是回憶童年的好方法。在散步經過森林的時候，在踏進一個老房間的時候，在吃飯的時候，在咀嚼葉片、蓓蕾、嫩枝、樹皮的時候——往往在這些時候，一個下水道的探井突然被撬開，這座沉沒之城的全部道路和花園突然顯露出來，儘管往往只有短短幾秒鐘而已。

（一九一六年）

赫曼・赫塞年表

柯晏邾／彙整　主要資料來源／德國舒爾坎普出版社

一八七七　七月二日誕生於德國卡爾夫（Calw）。

父：約翰・赫塞（Johannes Hesse, 1847-1916），原籍俄羅斯愛沙尼亞，波羅的海地區傳教士，也是後來成立「卡爾夫出版聯盟」領導人，一八六九～七三在印度傳教。

母：瑪麗・袞德爾特（Marie Gundert, 1842-1902），當時聞名的印度學家、語言學家，也是傳教士赫曼・袞德爾特（Hermann Gundert）的長女。

一八八一～八六　與雙親定居瑞士巴塞，父親在巴塞教會學校授課，八三年取得瑞士國籍（先前為俄國國籍）。

一八八六～八九　全家返回卡爾夫定居，赫塞上小學。

一八九〇～九一　進入葛平恩（Göppingen）拉丁文學校就讀，準備參加伍爾騰山邦（Württemberg）的國家考試，以獲得圖賓恩（Tübingen）教會神學院免費入學資格。獲得獎學金後，赫塞必須放棄原有的巴塞公民籍，他的父親於是為他申請，於九〇年成為全家唯一具有伍爾騰山邦公民籍的家族成員。

一八九一～九二 進入茅爾布隆（Maulbronn）新教修道院，七個月後中斷逃校，因赫塞「只想當詩人」。

一八九二 四、五月進入波爾溫泉（Bad Boll）宗教療養中心療養，六月試圖自殺，之後被送進史戴登（Stetten）神經療養院直到八月。十一月進入堪史達特中學（Gymnasium von Cannstatt）。

一八九三 七月完成一年自願畢業考。

「變成社會民主黨人跑酒館。只讀我極力模仿的海涅作品。」

十月開始書商實習，三天就放棄。

一八九四～九五 在卡爾夫佩羅塔鐘工廠實習十五個月。計畫移民巴西。

一八九五～九八 在圖賓恩學習書商經營學。

九六年於維也納發表第一首詩〈德國詩人之家〉（刊登於維也納的報刊雜誌上）。

九八年十月出版第一本著作《浪漫詩歌》。

一八九九 開始寫作小說《無賴》（Schweinigel）（手稿迄今下落不明）。

散文集《午夜一點》（Eine Stunde hinter Mitternacht）於六月出版。

九月遷居巴塞，直到一九〇一年赫塞在此地擔任書商助理。

一九〇〇　開始為《瑞士匯報》（Allgemeine Schweizer Zeitung）撰寫文章與評論，這些文章比書「更有助於我在當地的聲名擴張，對我的社交生活頗多助益。」

一九〇一　三至五月首遊義大利。八月開始在古書店工作（直到〇三年春）。

出版《赫曼・勞雪的遺作與詩作》（Die Hinterlassenen Schriften und Gedichte von Hermann Lauscher）。

一九〇二　詩集於柏林出版，並題文獻給不久前去世的母親。

一九〇三　辭去古書店的工作。

將《鄉愁》（Camenzind）手稿寄給柏林的費雪出版社（Fischer Verlag）。

五月和攝影師瑪麗亞・貝努麗（Maria Bernoulli）訂婚，之後一同前往義大利。

十月開始在卡爾夫寫作《車輪下》（Unterm Rad）等（直到〇四年）。

一九〇四　費雪出版社正式出版《鄉愁》。

結婚，六月遷居波登湖畔（Bodensee）的該恩村（Gaienhofen）一個閒置農舍。

成為自由作家，為許多報章雜誌撰稿（包括《慕尼黑日報》、《萊茵日報》、《天真至極》（Simplicissimus）等等）。

一九〇五 出版研究傳記《薄伽丘》（Boccaccio）與《法藍茲・阿西西》（Franz Assisi）。
長子布魯諾誕生於十二月（Bruno Hesse, 1905-1999，畫家／插畫家）。

一九〇六 《車輪下》正式出版。
《三月雜誌》（März）創刊，是一份鼓吹自由、反對德皇威廉二世統治的雜誌，赫塞直到一九一二年都列名共同出版人。

一九〇七 出版短篇小說《人世間》（Diesseits）。在農舍附近另築小屋並入住。

一九〇八 出版短篇小說《鄰居》（Nachbarn）。

一九〇九 次子海納誕生於三月（Hans Heinrich Hesse, 1909-2003，裝潢設計師）。

一九一〇 小說《生命之歌》（Gertrud）在慕尼黑出版。

一九一一 三子誕生於七月（Martin Hesse, 1911-1969，攝影師）。
詩集《行路》（Unterwegs）在慕尼黑印行。
九月至十二月偕畫家友人一同前往印度。

一九一二 出版短篇小說《崎嶇路》（Umwege）。
和家人遷居瑞士伯恩，住進逝世友人也是畫家亞伯特・威爾堤（Albert Welti）的房子，此後終生未再返回德國。

一九一三　出版《來自印度，印度遊記》（Aus Indien. Aufzeichnungen einer indischen Reise）。

一九一四　費雪出版社三月出版小說《羅斯哈德之屋》（Roßhalde）。
第一次世界大戰爆發，赫塞登記自願服役，卻因資格不符被拒。
一五年被分發到伯恩，服務於「德國戰俘福利處」，直到一九年為法、英、俄、義各地的德國戰俘提供讀物，出版戰俘雜誌。

一九一五　戰爭之初赫塞即公開發表一些反戰言論，此舉引起法國文學家、和平主義者羅曼·羅蘭（Romain Rolland, 1866-1944，是年獲頒諾貝爾文學獎）的共鳴，主動寫信向赫塞致意，兩人從此展開跨國國際友誼。

一九一六　赫塞的父親逝世，妻子開始出現思覺失調症（精神分裂症狀），最小的兒子罹患危及生命的腦膜炎，德國境內對赫塞的政治性抨擊日益強烈，最後導致赫塞神經不堪負荷，到瑞士琉森接受榮格（C. G. Jung, 1875-1961）的學生所進行的初次精神治療。
《德國戰俘報》及《德國戰俘周日報》創刊。

一九一七　成立專為戰俘服務的出版社，直到一九年為止赫塞共編輯了二十二本書，在德、瑞士及奧地利報章雜誌發表許多和平主義相關文章、公開信等。
德國國防部禁止赫塞出版批評時事的文字，開始以筆名愛米爾・辛克萊（Emil Sinclair）在報章雜誌發表文章、寫作。

一九一九

在伯恩匿名出版政治性傳單《查拉圖斯特拉再現，一個德國人想對德國年輕人說的話》（Zarathustras Wiederkehr. Ein Wort an die deutsche Jugend von einem Deutschen）。
四月和住進療養院的妻子分居，孩子交給朋友照料。
五月獨自遷居瑞士鐵辛邦（Tessin）蒙塔紐拉（Montagnola）的卡薩卡慕齊之屋（Casa Camuzzi），直到一九三一年。
六月《徬徨少年時》（Demian）於柏林出版，以筆名愛米爾・辛克萊發表。
六、七月間以十個星期的時間完成短篇小說《克萊與華格納》（Klein und Wagner）。
七月首次前往卡羅納（Carona）拜訪提歐及麗莎・溫格（Theo & Lisa Wenger），進而結識後來的第二任妻子露特・溫格（Ruth Wenger, 1897-1994）。
十月底「愛米爾・辛克萊」獲頒馮塔納獎（Fontane-Preis），獎金六百德意志帝國馬克，後來奧托・佛拉克（Otto Flake）揭露辛克萊即為赫塞，於是歸還獎金。

十二月開始為《流浪者之歌》寫下研究筆記。

一九二〇　二月，開始寫作《流浪者之歌》。

四月，劇作《歸鄉人》（Heimkehr）第一幕發表。

九月二十六日與羅曼．羅蘭在瑞士盧加諾會面，之後羅蘭也常到蒙塔紐拉拜訪赫塞。

十二月結識後來為他寫傳記的雨果．巴爾（Hugo Ball）。

一九二一　謄寫《流浪者之歌》第一部，將〈戈塔瑪〉一章寄給巴塞的地方報社刊登。

二月前往蘇黎世接受榮格的心理分析，並且在榮格的「心理分析俱樂部」朗讀作品。

五月，露特．溫格到蒙塔紐拉拜訪赫塞。後來直到七月間多次接受榮格的心理分析。

七月，將《流浪者之歌》第一部正式題字獻給羅曼．羅蘭，發表於《新評論》（Neue Rundschau）。

七月初開始密集拜訪溫格一家，露特的父親強烈要求赫塞與露特結婚。

一九二二　三月底，赫塞重拾《流浪者之歌》第二部的寫作。

五月初完成《流浪者之歌》，五月底，赫塞將手稿寄給費雪出版社。

十月，《流浪者之歌——印度詩篇》（Siddhartha, eine indische Dichtung）一書正式出版。

一九二三 出版《辛克萊筆記》（Sinclairs Notizbuch）。
六月正式和妻子離異。

一九二四 重新取得瑞士國籍。在巴塞著手準備出版企劃。
和露特・溫格結婚。

一九二六 被普魯士藝術學院推選為外部文學院士，三一年又主動退出：「我有種感覺，下一次戰爭發生，這個學院許多人將會蜂擁附和那些重要人士，就像在一九一四年一樣，這些大人物在國家公約裡就一切攸關生死的問題欺騙人民。」

一九二七 出版《紐倫堡之旅》（Die Nürnberger Reise）及《荒野之狼》（Der Steppen-wolf），同時由雨果・巴爾撰寫的第一本赫塞傳記在赫塞五十歲生日出版。
依照第二任妻子的願望，兩人離婚。

一九二八～二九 出版少量散文和詩集。

一九三〇 出版《知識與愛情》（Narziß und Goldmund）。

一九三一 遷入波德默（H. C. Bodmer）為他所建並供他餘生居住的房子。
和藝術史學家妮儂・多賓（Ninon Dolbin）結婚。

一九三二　《東方之旅》（Die Morgenlandfahrt）於柏林出版。

一九三二～四三　撰寫晚年巨著《玻璃珠遊戲》（Das Glasperlenspiel）。

一九三四　成為瑞士作家協會一員（該協會成立目的在於防禦納粹文化政策，並提供退休作家更有效的協助）。

詩集《生命之樹》（Vom Baum des Lebens）出版。

一九三九～四五　納粹德國政權將赫塞作品列入「不受歡迎名單」內，《車輪下》、《荒野之狼》、《觀察》（Betrachtung）、《知識與愛情》、《世界文學圖書館》（Eine Bibliothek der Weltliteratur）不得再版。原本費雪出版社計畫出版的《赫塞全集》被迫改在瑞士印行。

一九四二　費雪出版社無法取得印行《玻璃珠遊戲》許可。赫塞全集第一冊《散文詩》，在蘇黎世印行。

一九四三　自行在蘇黎世出版《玻璃珠遊戲》。

一九四四　納粹蓋世太保逮捕赫塞作品出版人舒爾坎普（Peter Suhrkamp）。

一九四五　出版《貝爾托德，小說殘篇》（Berthold, ein Romanfragment）、《夢幻之旅》（Traumfährte）（新的短篇小說和童話作品）。

一九四六　在蘇黎世出版《戰爭與和平》（Krieg und Frieden），收錄一九一四年以來有關戰爭和政治的觀察評論，之後赫塞的作品又得以在德國印行。
法蘭克福市授與「歌德獎」。
獲頒諾貝爾文學獎。

一九五〇　赫塞鼓勵舒爾坎普成立自己的出版公司，此後赫塞作品都由該出版社發行。

一九五二　舒爾坎普出版社印製六冊的《赫塞全集》當作赫塞七十五歲生日的祝賀版本。

一九五四　《皮克托變形記，童話一則》（Piktors Verwandlung. Ein Märchen）於法蘭克福出版。《赫塞與羅蘭書信集》（Der Briefwechsel: Hermann Hesse – Romain Rolland）在蘇黎世出版。

一九五五　《召喚，晚年散文新篇集》（Beschwörungen, Späte Prosa / Neue Folge）出版，獲頒德國書商和平獎（Friedenspreis des Deutschen Buchhandels）。

一九六二　八月九日，赫塞逝世於蒙塔紐拉。

赫曼赫塞作品集 E0506

徬徨少年時

文／赫曼·赫塞　譯／林倩葦　審定／陳玉慧

總編輯：黃靜宜
主編：張詩薇
執行編輯：蔡昀臻
行銷企劃：叢昌瑜、沈嘉悅
封面設計：林小乙
內文編排：丘銳致
輸出印刷：中原造像股份有限公司

發行人：王榮文
出版發行：遠流出版事業股份有限公司
地址：104005 台北市中山北路一段 11 號 13 樓
電話：（02）2571-0297
傳真：（02）2571-0197
劃撥帳號：0189456-1
著作權顧問：蕭雄淋律師
二版一刷：2017 年 7 月 1 日
二版十三刷：2024 年 7 月 10 日
ISBN：978-957-32-8030-9
定價：新台幣 280 元

ylib 遠流博識網 http://www.ylib.com
e-mail:ylib@ylib.com

國家圖書館出版品預行編目（CIP）資料

徬徨少年時／赫曼・赫塞（Hermann Hesse）著；
林倩葦譯 . -- 二版 . -- 臺北市：遠流 , 2017.07
面；公分 . --（赫曼赫塞作品集；E0506）
譯自 : Demian
ISBN 978-957-32-8030-9（平裝）

875.57 106009701